陽炎《かげろう》を見た日

中山幸子
Yukiko Nakayama

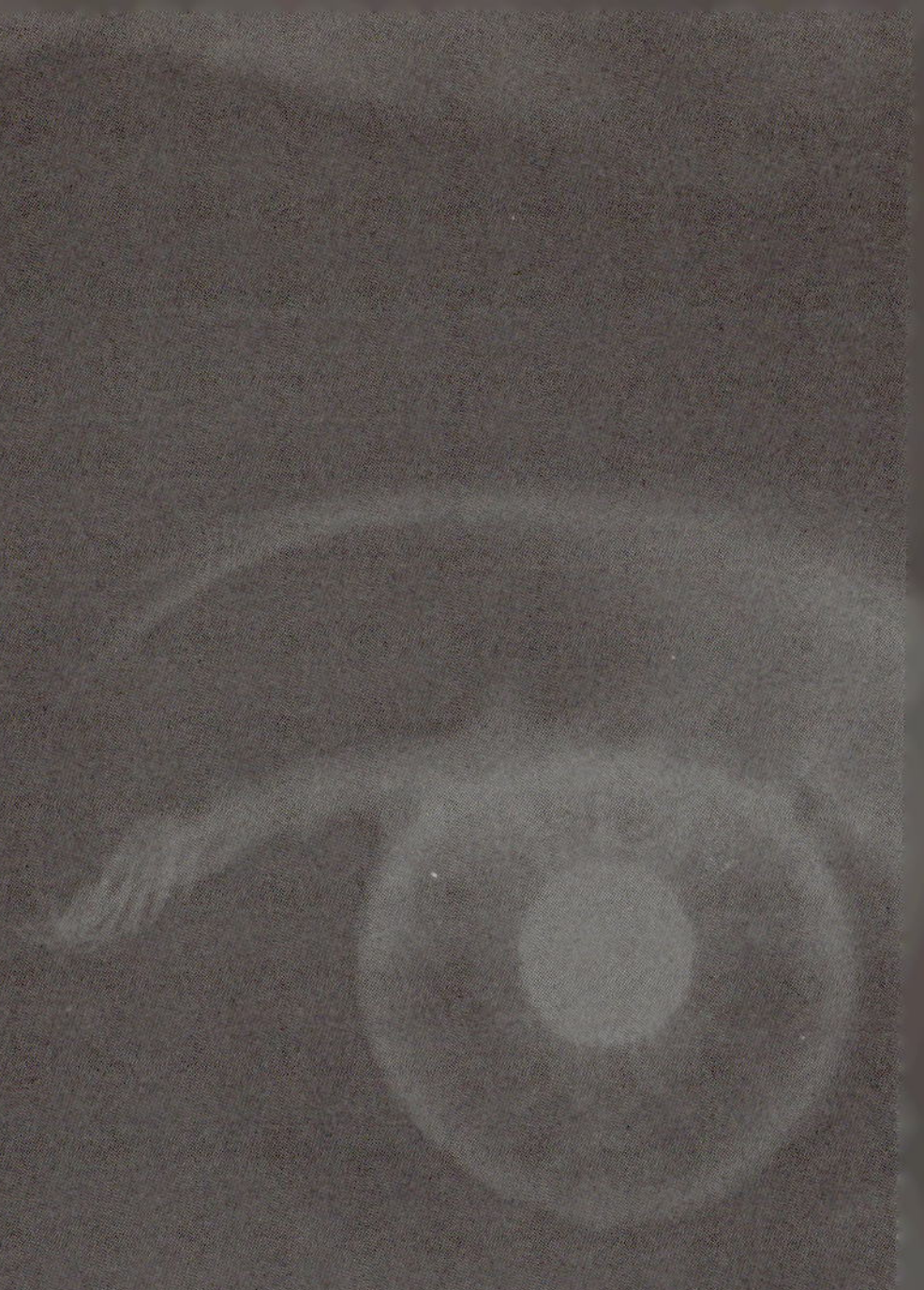

文芸社

目次

陽炎を見た日

第一章　告知

夢

　正午を境に気温はさらに上昇し、路面のアスファルトは太陽の照り返しを受け、陽炎が立っていた。ジージーと騒がしく鳴く蝉の声が、さらに暑さを感じさせているようである。暑さも、蝉の声も、町の騒音さえも、今の浮織洋子《うきおりようこ》には、何も感じられなかった。むしろ極寒の中に立っているように、躰がわなわなと震え、視線は定まらず、雑踏の中を泳いでいるかのようであった。

　今日という日が、洋子にとって、最悪の日になるであろうことは、ある程度予想できた。二週間前に受けた検査結果を聞きに行く日であった。駅から徒歩で十二、三分の病院まで、今日はもう三十分近くもかかっている。洋子はいつもは歩くのが速い。にもかかわらず、これだけの時間を費やしている。検査結果のことが、洋子の心にずっしりとのしかかっているいることを自覚させられていた。

　病院の中は、朝の早い時間から大勢の人がいて、受付を待つ患者でロビーはごった返していた。今月から、この大学病院も、初診、再診、会計、投薬等の伝票はすべて、コンピユータで処理されていた。いずれは、人件費節減となるのであろうが、普段の倍の人が応対にあたり、混雑に一層の拍車をかけていた。

二階の産婦人科外来のソファーも、すでにいっぱいであった。洋子は、中庭の見える窓近くに立ち、覗ける限りの空を見まわした。鼻にかかったような声とともに、洋子の名が告げられた。

白く短いカーテンの隙間から、椅子に腰かけた医師が、近づいてくる洋子を見守っていた。洋子は彼と目を合わせ、軽く頭を下げた。

「どうぞ」

慣れないためか、診察用の椅子は座りごこちが悪く、落ちつかなかった。

「今日はご主人とご一緒ですか。よろしかったら、ご主人と少しお話をしたいのですが」

糊のよくきいた白衣を肌に直接着ているのだろう、躰から白衣が浮いているように見える。洋子にはまだ、相手を観察するだけのゆとりがあった。

「今日は、私ひとりで参りました。どんなことになっていても、取り乱すようなことはしませんから、大丈夫です。結果は私に」

一息吐きながら、医師の顔を直視した。医師も机の上に置かれていたカルテに手を置き、一呼吸した。数秒の沈黙が流れた。やがて医師は、乾いたような声で言った。

「検査の結果、子宮内にがん細胞が見つかりました」

医師は、机の上の方に設置されているパネルに電源を入れる。検査のために、あらゆる角度から撮られた写真が浮き上がった。

白い部分が子宮の三分の二ほどにまで拡がっているのが、洋子にもよく理解できた。

「腫瘍マーカーの数値もあがっているので、至急、摘出手術をします。術後は、様子を見ながら、抗がん剤や放射線の治療を行います。帰りがけにもう一度受付に寄って、入院の手続きをとってください」

医師は何枚かの書類にサインをし、そばにいた看護婦に渡しながら、

「よろしいですね」

と念を押すように言った。

父親をがんで亡くした洋子は、この病気の怖ろしさを充分に理解していた。抗がん剤や放射線の治療は、頭髪はもちろん、鼻毛まで全部抜け落ち、食欲不振、白血球の減少など様々な副作用があることも知っていた。

洋子の心に落ちた影はもう払い落とせない。恐怖が汗と渾然となり、洋子の躰にこびり

ついていく。

「ご主人に……」

診察室を出る洋子の背後で、医師の声が聞こえたが、洋子は振り向かなかった。

——突然のがん告知、末期がんのおまけつき……。青天の霹靂とは、こういうことなのかも……。なぜ、このわたしなの？　頭の中が真っ白で、考えることができない。わたしは今まで、真面目に生きてきたつもり。だけど、自分が忘れているだけ？　他人を苦しめるような、悪いことをしてしまったのかしら……。

がん＝〝死〟の文字が、頭の中で消えては浮かぶ。帰路に着きながら、思いをめぐらしていると、ふと誰かの視線を感じた。われに返った洋子は、隣家の住人、小川あやが、ぴったりと寄り添うように立っているのに気がついた。

「奥さん、大丈夫？　具合でも悪いの？　顔が真っ青よ」

あやは、些細な言葉でも聞きもらさないように耳を傾け、目は洋子の表情を注意深く探っている。そして、さらに躰を近づけてくる。

「人混みを歩いてきたせいかしら。あっ、回覧ですか？　どうもすみません、頂きますわ」

洋子は、奪うように回覧板を受け取り、そそくさと門の中に入った。

――彼女がわたしの病気を知ったら、あることないこと、隣近所に一夜で知れ渡るわ。洋子には、こういうときこそ話し相手が必要なのだが、あやではかえって身の破滅を招く。玄関の扉を閉めようと門の外に目をやると、彼女はあてがはずれた様子で、こちらを見ている。洋子は、

「ごめんくださ い」

と言いながら扉を閉めた。部屋の正面のカーテンをずらして外を覗くと、あやの姿はもうなかった。

朝から、絶えず恐怖の音色が響いている洋子の頭の中に、安らぎはなかった。冷蔵庫から冷茶を出して、一気に喉に流す。みぞおちのあたりが冷たさで震えた。ソファーに横になると、疲労感からか、いつの間にか眠っていた。

〈あなた、やっぱりがんだったね。それも手遅れの末期がん〉

どこからか声がする。洋子は声に向かって、問いかけた。

「あなたは誰？　顔がよく見えないわ。誰だか知らないけれど、わたしはがんではないわ」

〈認めるのが恐いの？〉

この声。この声には聞き覚えがある。

〈あなたの躰には、もう一年も前から徴候があった。それでも、あなたは無視してた。二、三カ月前からの出血も、生理なのだと自分に言い聞かせてた。あの時、病院に行ってさえいたら、こんな結果にはならなかったかも。自業自得と、受け入れることだね〉

「……」

——この声、もしかしたら、わたし？　なぜ言葉が荒いのかしら。自分で自分を責めているのかもしれない……。

〈お父さんががんだったから、自覚症状があったときは、もう手遅れだってことも、わかっているじゃない。それに、子宮筋腫でありながら、定期検診で経過を把握することもしなかった。それを怠る理由がどこにあったというの？〉

訴えかけるような口調で訊ねてくる。洋子は自分に問いかけてみた。

「わたし、あとどれくらい生きられる？　あなたならわかるかもしれない。教えて！」

〈そうね、末期の診断だから、三カ月くらいかな。持って半年というところね〉

声は、強い語調で静かに言いきった。

「三カ月……」

〈死が恐い？〉

「あたりまえでしょう！　恐い、恐い、恐いわ！」

洋子の顔が怒鳴り声で紅潮した。現世での巡歴に幕が落とされようとしている瞬間、残された時をどう生きるかなどという答えは、洋子には見つけられなかった。

〈命の長さは、この世に生まれ出るときに授かるものなの、知っていた？〉

「出産のとき？」

「そうよ。あなたの日数も、残り少なくなってきただけのこと」

馬鹿〳〵しいような話だが、今の洋子には、納得できる答えのような気もした。

〈日数は決められているけど、本人は、絶対に知ることはできないの〉

「どうして？」

〈人間って弱いものでしょう。最初から知ってたら、どんな人生を送るか、あなたにも想像できるでしょう、がん告知を受けたあなたなら――〉

「生まれもって決められた日数、か――」

声の主は自分である。洋子は、確信を持って訊ねた。

「わたしたちは、今日までどのくらいの日を生きてきたんだろう？」

〈約一万八千日――一年三百六十五日掛ける現在の年齢で一万八千二百五十日、それと八カ月と三日をプラス。一万八千四百九十三日。わたしたちの命のタイムリミットは、あとわずかということよ。何かなさいよ、悔いを残すことがないように。日々を無駄に過ごさぬことね〉

――簡単に言ってくれるじゃない、どうせわたしは、今の世界に未練たっぷりだしね。未練。わたしにとってきっぱりと思いきることができないものは何だろう。

洋子は、数々の過去の思い出を脳裏に映しだした。何時間も費やしたような、短時間だったような――。退屈な家事を繰り返す毎日。成長して家を離れた息子たちや、仕事に情熱を燃やし続ける夫に、さみしさを感じていた。しかし、洋子の世界は一変してしまった。末期がん。

仮に生き延びても、さみしさから、解放されるかどうか。

延命の渇望より、残りの命を精一杯生きてみよう。洋子は、子どもに向かってバイバイするように、自分にバイバイと手を振った。

「ねえ、わたしは、主人や子どもたちのやさしさに充分包まれて生きてきたと思うの」

〈うん、それは断言できる。平穏な日々だったよね。それで?〉

「悲しみの日は必ずやってくるのだから、その日まで、家族が寂寥感をかみしめ続けるならば、当事者のわたしには堪えがたいことだわ。だから、末期のがんであることは家族にふせておきたいの」

〈あなたがそうしたいと思うなら、それでいいと思うよ〉

「それと、もうひとつ」

〈なに?〉

「わたし、力が欲しい。無敵なパワーで、社会の悪と戦うの」

〈エッ！　社会悪？　なに、それ〉

「たとえば、殺人、拉致、汚職、傷害、詐欺……。悪いことって、いっぱいあるでしょう」

〈あなた、真面目に言っているの？　あなたは病気なの、明日をも知れぬ命なの。そんなあなたに、何ができるというの〉

「自分の経験、知識、能力では無理だもの。せっかくだから、善いことをして、この世を去りたいわ。だから、神様！　どうか力を授けてください。ほんのひとときでもいいんです。お願いします」

〈映画やドラマとは違うのよ、よりによってそんな馬鹿げたことを考えるなんて——〉

「残り少ない命だから、馬鹿げたことと笑われても、本気で言えるの」

誰かに揺り起こされたような気がした。目を開けると、仄明かりの中からスーツ姿の夫、正和が、ぼんやりと見えた。

嘘

「ママ、病院の検査結果、まだ聞いてなかったけど……」

着替えのシャツのボタンを止めるのももどかしそうに正和が、お茶のしたくをしている洋子のそばへ近寄ってきた。

彼女は、夫や息子たちに真実をふせることにした。家族の悲しみを見ることのつらさは、病気の痛みをはるかに超えるだろう。それが洋子は恐かった。秘密を持つうしろめたさが働いて、自然、返事も短くなった。

「うん、心配ないって!」

「がんではなかったのか?」

「ポリープも小さいので、薬を飲むだけ」

「なぜ、わたしの携帯に連絡してこなかったんだ。ママから連絡があるものだと思っていたんで、会議中もずっとONにしておいたのに――」

少し怒っているようだった。やさしい語調が彼の話し方であったが、今日の彼からは感じられなかった。

「連絡がないのは結果が良かったんだろうと、安心はしていたんだが……」

背後から、そっと抱きしめられた。

うなじのあたりに、微かな空気が触れ、通り過ぎた。

――自分は主人の目に、どう映っているか。

抱かれながら、彼女は考えた。同時に、自分への憐れみや侮蔑の心がないことに感謝した。

夜半から降りだした雨は、明け方には本降りとなった。風の強さも手伝って、窓ガラスにぶつかり、激しい音をたてている。

雨は絶えることなく、降り続いている。

あの日から一週間が過ぎていた。

数時間ほどベッドに入ると、それ以上眠りにつくことはなかった。病気が理由ではない。

残された時間を、眠りに邪魔されたくない。本能がそうさせているのだと、洋子は感じていた。

がん宣告に恐怖し、蒼白な顔で市街をさ迷い歩いた彼女は、もうここにはいなかった。

第二章　事件

車

ウィークデーの街並は静かである。

午後のひだまりの中にすっぽりとつかると、心まであたたかくなっていった。すっかり葉を落とした街路樹に、冬の寒さを予感する。季節は、晩秋から冬へ移行していた。

洋子は、何事もなかったように、日々を、生活を、楽しんでいた。


キキーッと軋めくような音とともに、一台の派手な車が、洋子の横を通り過ぎる。車は、前方を走行していた身体障害者のマークのヴァンを追い越していった。若い主婦が、驚いた様子で、押していた乳母車を歩道側に移動した。

「大丈夫ですか」

洋子は声をかけた。

「ええ、大丈夫です。車が突っ込んでくるような気がして恐かったわ。こんな道路でスピードを出すなんて……」

「何もなくてよかったわ。気をつけてね」

「ありがとうございます」

車道と歩道が同じ平面にある以上、事故の起きる確率は低くならない。

次の交差点を曲がると、目的のパン屋がある。朝食は断然パン派の浮織家には、二十四時間熟成された、この店の食パンでなければならないこだわりがある。ただし、この店で買物するには電車か車を利用しなければならない。いつ行っても店は混んでいて、レジでもしばらく待たされた。

パン屋を出て少し歩くと、先ほどの車が車首を横丁に突っ込むようにして止まっていた。道路沿いに、煙草やジュースの自動販売機が何台か置かれている。

車の持ち主らしい若い男が、煙草を買っていた。男は、買ったばかりのマルボロの赤箱から、一本取り出し、火をつけると、洋子の方に目を向けた。

相手を射すくめるような鋭い視線。洋子は、まるで睨まれているような印象をうけた。息とともに、白い煙が勢いよく吐き出された。何色かで染め分けられた髪は、短めにカットされ、ハリネズミのように上下左右に立っていた。首、耳、手には、装飾品がごちゃごちゃとつけられている。腰まで下がったズボンは、裾が幾重にもだぶり、歩行を妨げないかと心配するほどであった。

洋子には、この若い男が仕事に就いているとは思えなかった。しかし、車もアクセサリーも、安価な物ではないだろう。このような若者が、街に溢れている。

一九四五年、日本は敗戦の痛手を負った。それ以降、老若男女が目を向けたひとつの目標は、日本の復興であった。それを成し遂げて規制された現代で生まれ成長する若者たちには、そのような目標が失われているのも事実である。

いまを享楽的に生きる若者を、大人たちは嘆き愁うばかりではいけない。我われが築きあげた社会なのであるから。責任の一端は、自らにもあると思わなければいけないのであろう。

若者は、煙草の煙を吐き出すと、運転席に乗り込み、アクセルを強く踏んだ。エンジンの咆哮、タイヤの軋む音とともに、車は加速し、マフラーから吐き出された排気ガスが一瞬、まわりのすべてをかき消した。

――いい加減にしてよ、まったく。自分勝手な運転で死ぬのは勝手だけど、巻き添えは迷惑。電柱にでもぶつかれ！

その瞬間、ドーンという轟音とともに、車が電柱に突っ込んでいた。

若者が車から投げ飛ばされた。躰は、勢いよく宙に飛び、路面に強くたたきつけられ、ぴくりとも動かなかった。

誰かが通報したのだろう。遠くから、救急車のサイレンが聞こえた。サイレンの音は、死につつある者の救命を求める叫びのように、耳から、脳へ響きわたる。

若者の乗っていた車は、バンパーがまるで粘土細工のようにグシャリと曲がり、開いたままのドアからは、カーステレオの重低音が響きわたっている。彼の血痕のそばに、さきほど購入したばかりのマルボロの赤箱が投げだされていた。

周囲には、野次馬で人だかりができている。警察関係者の姿は見えなかったが、声だけが、生々しく洋子の耳に届いていた。

彼女の顔には、さきほどまでの怒りも哀れみも浮かんではいなかった。彼女は胸の中でつぶやいた。

――これって、偶然だよね。わたしが、ぶつかれって思ったからじゃないよね。

洋子は、複雑な思いで救急車を見送った。

ナイフ

その日は、明け方からの雨が、一日中降り続いていた。

庭に続く部屋の窓を開けると、寒風が身をつらぬく。小糠雨に濡れた、ピンクやなぎが顔を出していた。
三、四年前のことだろうか。紅色の花をつけたやなぎが、あまりにも可愛らしくて、切り花と一緒に購入したのであった。しばらく部屋に飾っておいたが、花も終わりになる頃、花びんの中に糸のような細い根がたくさん出ているのを見つけ、庭の片隅に植えておいたのである。晩秋から冬への庭をさみしく感じていたところ、数日前、数個のつぼみを見つけた。
「あっ、咲いたんだわ」

寒気に逆らうように咲く可愛らしい紅色の花は、さみしかった庭を明るくした。窓からの風景は、ほかのどの色も邪魔されず、心ゆくまで愉しみにふけることができた。

電話が鳴る。大学時代からの親友、御里多枝《みさとたえ》である。

「今日、買物に付き合って欲しいんだけど」

多枝が訊く。

「いいけど……」

多枝は、場所と時間を告げると、電話を切った。

「携帯からか……」

洋子は、電話を切りながらつぶやいた。多枝は、携帯電話を使うとき、会話を用件のみで終わらせる。


駅前広場中央の噴水を待ち合わせ場所に選んだことを、洋子は少し後悔していた。噴水から押しだされた水しぶきは、空を舞い、洋子に飛んだ。

——雨はあがったのに、これでは、傘が必要じゃないの。

多枝が、洋子を目ざとく見つけ、走り寄ってきた。

「ご無沙汰、元気にしてる？」

「うん、まあまあ」

言葉にならなかった。するどいナイフの刃が襲い、傷口からあふれ出る血が心を染めた。

どんな隠しごともなかった親友の多枝にも、自分の病気を隠す罪悪感からであろう、洋子は、言葉の膂力《りょりょく》が衰えていくのを感じた。彼女は、がん告知を受け、余命数カ月であることを理解したとき、愛する家族にも、親友の多枝にも知らせずにおくことを心に刻み込んだ。それに至るまで、感情がさまざまに捏ねまわされたのであるが、実のところ、孤独や恐怖の前に、決意の崩壊がいつ起こるか、不安も感じていた。しかし洋子は、そのような思いを常に全身でかき消している。愛するゆえに、ふたつの心が混じる。これが、洋子を一層つらくした。

そんな洋子の心を、察知したのだろうか。多枝は、洋子の手をとり、歩道の群衆とともに移動して、素早く道路中央に出る。そこから一番近い百貨店に足を運んだ。ふたりは、エレベーター、エスカレーターを使わずに階段を登った。買物を済ませ、食事中でも、しばしの憩を求めて立ち寄る喫茶店でも、たわいのないおしゃべりに夢中になった。楽しい時間がどんどん過ぎていった。

気の早いネオン灯がちらちらと点きはじめ、街灯の明かりとともに街を浮き立たせる。一方、街路の樹木の黒い影が闇を作り出していた。

闇の方角から声がした。

「金、持ってるんだろう？　出せよ、出した方が身のためだぜ、オッサン」

「……」

「さっさと出せっつうの」
五、六人の若者が、サラリーマン風の男に言った。リーダー格らしい若者が、ナイフをちらつかせながら言った。
「いいか、ジジィ。おまえには二つのやり方があるぜ。どっちか好きな方を選べよ。ひとつ、持ち金全部出して、さっさと消える。ひとつ、おれたちを自分の力で打破する。好きなようにしな」

若者たちが、男の周囲をとりかこんだ。

一億総タレント時代とも言われるが、自分たちこそが主役なのか。若者たちからは、みな画一的な印象を受ける。自動車事故を起こした若者もそうだった。いつの間にか、若者ファッションが作り出され、それが彼らの間に滲透していく。恰好に限らず、考え方や感じ方も内部にゆきわたっていく。

日本の若者に今、スプロール現象が起きているのか。

街から流れ出るあらゆる音と混ざり、彼らの怒声ははっきりと聞こえない。仮に、通行する人の目に留まったりしても、何事もなかったように、その場を通り過ぎてしまうだろう。

「何かあるみたいよ」

洋子が言った。

「よしなさいよ、何をされるかわからないわ。恐いから、もう帰りましょう」

多枝は、その場から離れる体勢で言った。

洋子は生来、正義感が強い方で、社会的通念の域を超える者の存在には、黙ってやり過ごすことができなかった。結婚してもしばらくは、その意気が日常的に顔を出していたのだが、ここ数年はなりを潜めていた。

——無傷のまま、若者たちがあの男を解放する公算は低い。止めなければ。

洋子は、熱くたぎる正義感からくる興奮とともに、止める多枝の腕を振り払い、若者たちへ近づいた。

——こういう連中は許せない！

「あなたたち、何をしているの！　馬鹿なことはやめなさい！」

洋子の声で、若者たちが一斉に振り返る。女だとわかると洋子を無視して、また、殴る蹴るの暴力三昧。仲間のひとりが、男の大腿部を蹴りあげた。男は、泣き声混じりで叫んだ。

「助けてくれ、許してください」

ドスッという音とともに、男は地面に横たわった。右手に幅の広い指輪をはめたリーダー格の若者が、

「ジジィ、いい加減にしろ。まだ痛い目に遭いたいのか？　今度は本気だぜ」

と言うなり、ナイフを男の顔に近づけた。ナイフの刃が指輪に当たり、眩く光っていた。

「やめなさい！　聞こえないの」

洋子は、もう一度叫んだ。

「おい、そこの阿呆なババア、さっきから、うるせえんだよ。余計な詮索は、身の破滅だぜ。わかるな、ババア！」

怒りながら近づく若者の口から吐き出される、すえた臭気が、洋子の神経を逆撫でした。

「おいおい、無礼は許さんよ」

リーダー格の若者が、仲間を諌めるように、洋子のすぐ近くまでやってきた。

「これは、これは、お美しい奥様。あなたがあの哀れな男の代わりをなさる、こうおっし

ゃるのですか。それはご立派なことで。奥様はことのほか、正義とやらがお好きなようで。それでは、早速、出して頂きましょうか、十？　二十かな？　いや二十などというのはやめて、この場にふさわしい額を言おう、百万、と。持ち合わせる金額ではないだろうから、カードでＯＫ。金が、我が手中に納められた場合のみ、おふたりは、天下晴れて、自由放免」

「馬鹿〳〵しい。自分の力を誇示してナイフで脅すさまは、まるで人の弱さを餌に暮らしの糧を得る暴力団と同じじゃない」

と、洋子は言いながら、冷静を保とうと努めた。目前の若者たちが、話してわかる相手ではないことも、充分承知していた。

数分間の沈黙が、若者たちを野獣に変えた。今まで、理由もなく浮かべていたいやしい笑みと馬鹿丁寧な態度は、一変した。

相手の指先が洋子の胸倉を摑み、顔面にナイフが走る。

身を折った。

次の瞬間。何か熱いものが、洋子の頬にあたった。指で頬をなぞったが、血の吹き出たさきは、洋子をとり囲んでいた若者のひとり。顔には赤い血線が描かれていた。

「なんてこった、くそ！　痛え、痛えよ」

傷口を押さえている若者の手から、血が流れ出た。ナイフを持った若者が、何度も洋子にナイフを突き刺そうとする。ナイフが動くたびに、仲間たちの血が宙に飛び散った。

「畜生、畜生！」

と叫びながら、ナイフを両手で握り、洋子に向かって突進する。が、

「うっ」

という鈍い唸り声で、その場に倒れたのは、やはり仲間の若者だった。

ナイフの若者の足は萎え、街路樹や立看板にぶつかり、動けなくなった。唇がわなわなと震えている。放心状態らしい。

血痕は、四方八方に飛び散っていた。怒号、罵声、救急車のサイレンや警察官の叫ぶ声の入り混じるなか、若者たちは逮捕された。


ナイフの若者が、拘置所内の取調室で話したことは次のようなことである。

遊びの金が底をついたので、仲間とオヤジ狩りを決行。

金を持っていそうなオヤジをターゲットにし、町を巡回、通行人の少ない薄暗い場

所（事件現場）を見つける。運よく、思惑通りのオヤジをゲット。

脅しをかけたが、オヤジは、俺らの要求を無視。頭にきたので、少し傷めつけてやろうと、素手で二、三発、仲間が殴った。その時、あのわけのわからない女が飛び込んで来た。この女からも金をせしめてやろうと思い、ナイフで脅すつもりだったが、あの女の言葉にカーッとなり、顔を少し切ってやるかと、軽い気持ちでナイフを振り下ろした。

だが、切れたのは、ダチの顔だったんだよ！　俺は、確かにあの女の顔にナイフを振ったんだ、なのに、あの女ではなく、ダチの顔が切れた。あの女は何者なんだ？　こんなことってあるかよ。俺の意志とは無関係に、ナイフが、次々に、ダチを襲うなんて……。

この俺は、ダチを傷付けるなんて、絶対しない。あの女が悪いんだ。

あいつが、この俺に何かしたんだ。

だから、ダチを傷付けてしまったんだ。

きっと、そうなんだ、悪いのはあの女の方なんだよ、信じてくれよ。

目撃者の談

若者たちが逮捕されたとき、とくに、リーダー格の若者は血の気を失い、目は虚ろ、放心状態に陥り、ひとりで立ちあがることもできなかった。身勝手な欲望が、流血の事態を招いたのだ。

洋子が警察を出た頃には、もう街の通りに人の姿はなかった。

一定の間隔で立ち並ぶ、街灯の薄ぼんやりとした光より、夜の帳《とばり》の降りた空からさす月の光や、夜空に散る星屑の方が、はるかに明るかった。

午前零時、自宅に戻った。

外灯もつけずに外出したことを、洋子は後悔した。鍵穴を見つけ出すのに、ひと苦労したのである。やっとの思いでドアを開けると、薄闇のなかで夜気が優しく、我が家の匂いを包んでいた。

洋子は深く息を吸い、あたりの匂いを嗅いだ。なぜか、懐かしい。気持ちがようやく鎮まった。

――もしかしたら、あの時、命を落としていたかも……。

今日一日の明暗の転回は、洋子にとって悪夢でしかなかった。リビングのソファーに深く腰を下ろし、熱いお茶を飲み干す。室内も暖まってくる頃には、混乱していた頭の中にも平静が戻ってきた。

自動車事故の記憶が、鮮やかによみがえる。このところ、洋子が行動を起こすと決まって感じる、脳の一部分が一瞬にして凍りつくような感覚。その後に襲いかかる倦怠感。確かに今日も、感じた。あの時も……。

これは、病気による体調不良ではないらしい。

医師の言葉が思い出された。

「放置状態がこれ以上続けば、やがて激痛が全身を襲いのたうちまわることになる」

洋子にはがん特有の症状が全くと言ってよいほど感じられなかった。どうやら、がんはなりをひそめているようである。ある意味、そんな誤算が嬉しかった。

第三章

節季

記念日

洋子は、息子たちが家を離れたのと、夫が留守がちという条件が重なり、気が向いたときにしか料理らしい料理はしない。しかし、いざ作り始めると、なかなかの腕前である。リビングから突き出るように設置されたサンルームは、ハーブの部屋である。鉢植えのハーブが、所狭しと並んでいた。鉢には、それぞれハーブ名が書かれている。今、洋子がとりかかっている料理は、種々のハーブを使ったスモークチキンだった。

チキンは丸鳥のまま買ってきて、料理のたびにカットしていく。最初からカットされているものよりも、安あがりである。丸鳥のカットも、最初の頃は包丁とまな板を前に大奮闘だったが、今では、ちょっとした腕前である。

スモークチキンに使うローズマリーを、彼女は茎を慎重につまんで、ハサミを使って丁寧にカットしていた。次に取りかかったのは、サンドイッチ用のベース作り。ちょっと辛いサルサを作るため、唐辛子の種子を除いた。それから、たまねぎ、トマトを潰す作業にかかり、ピクルス、卵黄、香辛料を入れる。サルサとチーズの二種類のベースを作り上げ、やっと下ごしらえが終わった。

洋子は、この日、朝から料理にたっぷりと時間をかけていたのである。

息子たちから、両親の結婚記念日に来ると連絡があり、その時から、洋子の体調は、すこぶる快調であった。

両手を洗った洋子は、よく整頓されたリビングに移り、ソファーに腰を下ろした。テレビ画面から、ニュースが流れている。

あの夜の事件が、特集扱いで映し出されていた。テレビ局が現場に近いため、報道班がすぐに駆け付けたのであろう。洋子は、テレビの画面に見入って、あ然とした。

映像は、傷付いた若者たちの姿を何度も映し、リポーターは、誰が彼らを傷付けたのかに焦点を当て、第二の加害者の存在があるような意味合いで語っていた。このニュースの段階では、事件の細部は不透明であると、洋子は思った。

玄関のチャイムが鳴った。テレビのスイッチを切ったと同時に、息子たちが、リビングに元気よく入ってきた。

「ただいま」

「お帰りなさい」

「母さん、これ」

兄の真哉《まさや》が、フリージアの花束を洋子の前に差し出した。息子たちとともにリビングに入ってきたフリージアの香り……。洋子の好むフリージアを、息子たちは覚えていて、毎回買ってきてくれる。小遣いの都合らしく、ときには一、二本であったりするが、洋子は息子たちの心遣いが嬉しかった。

「ありがとう、こんなにたくさん。ふたりとも、風邪ひかなかった？」

「ああ。ふたりとも、元気、元気！」

声を揃えて、ふたりは言った。

洋子がキッチンに入ると、続いてふたりも入ってきた。真哉が、くんくん鼻を動かしながら、めざとくレンジにかけておいた鍋を見つけた。蓋を開け、大根をつまんで器用に口の中に放り込む。

「うめぇ」

弟の柾《まさき》があわててキッチンを飛び出していった。柾は、煮えた大根の匂いがにが手なのであった。

「母さん、今日の夕食はなあに？　何か手伝うことある？　何もしないで食べるばかりでは申し訳ないからね。とくに、今日は、特別な日だからね」

兄の真哉が言った。

「そうね、ほとんど終わったのだけれど……。じゃあ、やってもらおうかな？　野菜サラダ作って。ちょっと待って、材料出すから」

洋子は、冷蔵庫からサラダに使う野菜を取り出し、シンクに置いた。一緒に暮らしていたときも、息子たちは、よく母の手伝いをした。

「サラダだね。ドレッシングはこれから作るの？」

「ワインと一緒に、しっかり冷やしてあるわ」

「それは手早い、やっぱり母さんだ」

日本の住宅事情では、ダイニング・キッチンとリビング、二つをそなえることは難しい。一般的には、ダイニング・キッチンを少し広めにとり、リビングと兼用しているのがほとんどであろう。洋子の家も例外ではなかった。

樫の木で作られたテーブルと椅子は、がっしりとした重厚感がある。それぞれの席には、薄桃色のランチョンマットが敷かれ、丈の高いクリスタルのグラス、白磁器の大小二枚の皿が並べられていた。中央に置かれたローソクの炎が、微かな空気でゆらいでいた。

ソファーに寝そべっていた柾が、

「父さん、遅いね」

と言った。

「会議で少し遅くなるかもしれないって、朝、出がけに言っていたから」

洋子は嘘を言った。

三人で何杯目かのコーヒーを飲んでいるとき、ようやく正和が帰宅した。出迎えに出た洋子は、正和の吐く息の中に、酒の匂いを嗅いだ。

正和は、酒があまり飲める方ではなかったが、酒席の雰囲気が好きで、飲んで帰ってくることもある。が、決して乱れるようなことはない。今夜の正和は少し違っていた。

——今日、息子たちが帰ってくることも、結婚記念日だということも承知でお酒を飲んでた……きっと何かあったのだわ。

正和の帰宅で、遅い夕食が始まった。それぞれのグラスに、ワインを注ぎ終えた柾は、右手にワイングラスをかかげた。

「父さん、母さん、結婚記念日おめでとう。乾杯！」

「ありがとう」

子煩悩な正和にとって、親子で囲む食卓は何にも代え難い。とくに、今は家を離れて暮らす息子たち。尚更のことであった。

「遅くなってすまなかった。お腹すいただろう、さあ食べよう。久しぶりの母さんの料理だろう、たくさん食べろ」

「あぁ、俺、腹ペコでお腹の虫がさっきから鳴きっぱなしだよ。食うぞー」

柾が素っ頓狂な声で言った。何度か温め直したコーンポタージュの蓋を開け、器に盛りながら洋子が言った。

「さあ、冷めないうちにどうぞ。まだたくさんあるからね」

真哉は、洋子から受けとったコーンポタージュの皿からスプーンで、うまそうに口に運ぶ。柾は皿に口を近づけるなり、顔を顰《しか》めた。

「母さん、この葉っぱ入れないでほしいんだ。せっかくのスープがまずくなるよ」

「葉っぱなんて言わないで。パセリでしょう。飾りの意味だけで入れているのではないわ。ハーブ類を料理に使うのは、料理の旨味を引き出すし、躰にだってプラスになるのよ。理にかなっているの。今夜の料理は、三人のために用意したものばかり。残さず、しっかり食べてちょうだいね」

「このチキン、すごくうまいよ。俺たち、一緒に暮らしていたときは、今のように、母さんの料理のうまさを感じなかったけど、離れてみて、母さんの料理の腕前、すごいんだってことがよくわかったよ。だから、母さんの料理も帰ってくる楽しみのひとつなんだ、なァ柾？」

真哉が、横に座っている弟の顔を見ながら言った。柾は、チキンに夢中で、返事をするかわりに頭を何度も縦に振ったが、チキンは手放さなかった。

空腹を満たした息子たちは、それぞれの部屋に引きあげていった。正和は、ソファーの背にもたれ、うとうとしていたが、後片付けを終え、洋子がリビングに戻ると、いきなり声をかけた。

「子どもたちは、どうした？」

「二階にいきましたよ」

「今夜は特別な日なのに、遅くなって悪かった。しかし、俺個人にとっても、特別な日になってしまったよ……」

めずらしく、飲み過ぎたようである。呂律《ろれつ》の回らない口を開いた。

「第一線を退いて、少し楽をしろだとさ……。何が楽をしろ、だ。家族より会社を優先させ、家のことはママにまかせっきりで、懸命に仕事をしてきたというのに……。今更、そう言われてもなぁ」

帰宅後に、正和がふと見せた寂しそうな表情、吐息。黙って聞いていた洋子だったが、やっと原因がわかった。

会社組織に身を置く以上、如何ともしがたい運命である。今の正和の満ち足りない心をどうしてやることもできない。ジレンマが洋子の胸を突き、痛みをさそう。


正式に辞令がおりた時点で、正和は会社にリフレッシュ休暇届けを提出した。

正和は、毎日ただ家にとじこもっていた。

洋子の方も、ここのところ、外出のたびに奇妙な事件に遭遇している。意志とは無関係に躰が勝手にのめり込んでいくような感覚であった。

外出するのが恐い。

もともと饒舌というにはほど遠いが、あの日を機に、正和の口はさらに重みを増した。洋子は、努めて正和との語らいを続けた。

桜の開花予想が聞かれる頃になると、決まって強い風が吹きはじめる。

花粉症の人は、洗濯物を屋外に干すことを避ける。室内に洗濯物が干された隣家をはさんで、L字型の広い空地があるため、洋子の家のベランダに吹きつける風は強風となる。朝方の穏やかさに騙され、そのまま外出などしたら大変なことになる。洗濯物が竿ごと倒れ、そのたびに洗い直しを余儀なくされるのである。物干しのハンガーもすぐに壊れるので、何度も購入し直した。

とうとう、たまりかねて、乾燥機を購入した。朝から昼近くになろうとする頃は、風は穏やかであるが、すぐに牙をむきはじめる。シーツ、枕カバー、まだ身につけていたソックス、数分前にかけたばかりのタオル、目につくすべてを、洗濯機におしこんだ。

スイッチを入れると、中の水が回転しはじめた。洗濯機の前のマットに座り込み、洗濯機にもたれかかっていると、低く鳴動しながら水を攪拌している音響が、洋子の涙をうながす。すぐに、熱い涙が頰を伝い落ちてくる。

正和は、先の見えない穴の中で踠《もが》き、悩んでいた。

――可哀想なパパ……。

つぶやくたびに、熱い涙が反応する。

正和の気持ちは、正和以外誰も立ち直らせることはできない。そのことが、洋子にはっらすぎた。

正和の声がした。洋子は、シャツの袖で急いで涙を拭いた。

「ママ、どこにいるんだ」

声とともに、正和が洗面所へ入ってきた。

「洗濯、もう終わりそう？　少しお腹がすいた。早いけど、お昼にしないか？」

「そうね、何か作りましょうね」

「うどんが食べたいな」

「わかった、すぐに作るわ」


正和が好物のきつねうどんを食べながら、おもむろに口を開いた。

「旅行に行こう」

「旅行？　どこへですか？」

「どこでもいいよ。今になって、いくら踠いてみても始まらない。いい機会だから、のんびりしようよ」

結果はどうであれ、洋子は嬉しかった。久しぶりに旅行できるからではない。正和が、自分の気持ちを癒す方途を見つけたのが、何より嬉しかった。

金沢

浮織夫妻は、北陸旅行の団体ツアーに参加した。参加者三十六名、若い女性だけの四名のグループが一組のほかは、ほとんどが職をリタイアした夫婦連れであった。

洋子は、その中のあるカップルに、何か気持ちがざわめくのを感じた。長年連れ添ってきた生活の匂いが、このカップルからは微塵も感じられないのだった。

早朝の便で羽田空港を出発し、五十分たらずで小松空港に到着。閉所恐怖症、高所恐怖症を合わせ持つ洋子にとっては、たった五十分間の空の旅でも、とても快適とは言えなかった。小刻みに襲う震えと、頭を占めている恐怖心を消すため、思考する。

夫の正和のことを考えてみた。

正和とは、恋愛結婚である。

家庭を築いてから、もう三十年あまりにもなる。結婚当初から、この世の誰よりも彼の人間性を知ろうと努力してきた。三十年にして知った、彼の嗜好は、どんなことだろうか。

洋子は、考えた。

まず、正和は野球観戦やゴルフを好んでいる。それに、お酒を少々、煙草、いれたてのコーヒー、洒落た料理や店、旅行……。

正和と肩を並べられる分野が、洋子にはなかった。少なくとも、ひとつくらいは、と奮起し、努力した。

球団名や選手名、ルールさえもよくわからなかった野球。努力のかいあって、ラジオ実況を聞きながら、プレーヤーの顔が浮かぶのは無論のこと、ファインプレーにも、スタジアムのスタンドで観戦しているかのように一喜一憂するようになった。はじめの頃は、仕事で中継を見ることができなかった彼のために、メモを取った。どんな場面で得点できたのかを尋ねる彼に、選手が協力して加点したと答え、笑われたのを覚えている。今ではすっかり、野球狂の部類に属するまでになってしまった。

彼は、何を言おうとするのだろう。

何を買おうとするのだろう。

正和の言動は、おおよそ察しがつくまでになっていた。三十年の時が、お互いを近づけたのである。

機内のアナウンスが、到着を告げた。洋子を襲った躰の震えは、空港から遠く離れるまで続いた。

観光バスでの移動。目的地は、金沢の兼六園。

兼六園に着いた頃には、春を通りこし、まるで初夏のように暑かった。寒さ対策を完璧にしてきたため、全身が汗ばんだ。革のコートをバスに置いて、シャツでの散策は快適であった。

兼六園での自由散策には、時間がたっぷりとられていた。兼六園は、宏大、幽邃《ゆうすい》、人力、蒼古、水泉、眺望の六勝を兼備するところから、「兼六園」と命名したと言われているだけあり、どの場所にいたっても、その名のとおりと納得させられた。

金沢城の外郭として、域に属した庭は、総面積十万七百四十平米。敷地に植えられた樹木の数、八千五百本。樹木の根元を覆う珍しい苔の緑の美……。

冬の風物詩として有名な雪吊りは、樹木の中央に建てられた丸太の頂点より、何十本にも張りめぐらされた縄の像である。幾何学的にも美しい、その雪吊りの撤去作業が、明日から行われると、ガイドが説明していた。兼六園での三時間あまりの時間、洋子たちは、樹々に同化しそうなほど、この庭を堪能した。

兼六園を後に、バスは富山方面に向かった。途中、京都の祇園と並ぶ、格式のあるひがし茶屋街を散策。細い紅殻格子と軒灯が続く家並は、艶やかな風情が漂っていた。かつての花街。夕日が山の彼方に沈む頃ともなれば、軒灯に火が点り、往来は活気に溢れ、各界の名士や芸妓たちで賑わう熱っぽい雰囲気の街となったのだろう。

そんな時代を越えてきたお茶屋も、今は高級料亭へと変貌していた。《一見さん、お断り》の貼り紙にも、かつての粋の世界が覗く。

手入れのゆき届いた往来を、ふたりは引き返した。一軒の店先に置かれた九谷焼きの大きな壺に、無造作に入れられた枝葉や小花が、人目を引く。洋子も一瞬、足を止めた。紅殻格子は開かれ、店の軒先に日よけ用の大きな暖簾が下がっている。暖簾の左端に、《ゆうあがり》と屋号が書かれている。風にゆれた暖簾のすき間から、奥が覗けた。どうやら、お茶が飲めるらしい。コーヒー、紅茶のたぐいではなく、伝統の茶道が楽しめるようである。

「パパ、お茶にしましょう」

洋子はそう言うなり、さっさと暖簾を潜り、中に入っていった。

店内は、洋子が思っていたほどの広さはなかったが、むしろ幅広いカウンターと五組ほどのテーブルが落ちついた空間を作り上げ、格式のある雰囲気を漂わせている。角がまるく削られた堅いテーブルは、黒檀で作られていた。洒落た感じがする椅子の背もたれ部分は、ほどよい湾曲を保っている。

各テーブルに飾られた一輪のショカツサイ。別名花大根は、やっと小さな薄紫色の蕾をつけたばかりだったが、その色合いが、黒く堅いテーブルの表情をやさしくしているようだった。

洋子は店内を見回し、空席を探したが、あいにく先客でうまっていた。しかたがなく、ふたりは、カウンターの奥の端に腰かけた。

紅殻縞の着物を粋に着こなした、女将風の女性が注文を取りにやってきた。

「風格があって、落ち着く店ですね」

洋子がしみじみとした口調で言った。

「ありがとうございます。どうぞ、ごゆっくりなさってくださいませ」

やさしさを含んだ返事がかえってきた。

「こんな場所で、ゆっくりとした気分でお茶を飲んでいると、パパと出逢った頃にもどったみたいだわ」

洋子は、そう言いながら横にいる正和の顔を覗きこんだ。正和は、どう応えたらいいのかわからないという顔をしていた。洋子は、そんな正和にお構いなく言葉を続けた。

「わたしは子育てに夢中、パパは仕事に夢中。お互い夢中になるものが別々で、ふたりだけの時間なんて作れなかったし、作ろうともしなかった。パパには悪いけれど……、でも」

「でも、何だい？　言ってごらん」

「今回、会社がパパにしたこと……。パパは心に傷を負うことになってしまったけれど、神様が若い頃から仕事一途なパパを見て、安息をくれたのかもしれないと思ったの」

「神様がくれた安息か」

正和は、洋子の言葉に苦笑した。が、この機会に夫婦を見直すのもいいと思った。あと五年もすれば、正和も退職を迎えるのだ。

「前向きに考えていこうと思っている」

正和も、この旅行が終わる頃には、ある意味でのふんぎりをつけ、会社に戻ろうと思っていた。

「お待たせいたしました」

緑茶が運ばれてきた。ほどよい熱さが、渇いた喉を潤してくれた。

客との距離感を心得て作られているので、カウンター席には何の煩わしさもなかった。よいタイミングで、抹茶とさくら餅、うぐいす餅が出された。二種類の餅を、ふたりは分けあって食べた。

見知らぬ土地の喫茶店で、お茶を飲んでいる感覚はふたりから消え、早春の雰囲気にゆったりと浸った。ふたりに長い沈黙が続いたが、違和感よりも打ち解け合う気持ちが、心を占めた。

正和が煙草に火をつけた。

洋子は、正和に目を留めながら、出逢った頃の夫を思い出していた。

第四章　若葉

新緑

洋子が正和と出逢ったのは、一九七四年。眩いばかりの新緑が木々を覆い、人も自然も躍動感に満ちる青葉の季節を迎えた五月の二日のことであった。

有楽町駅の改札口、六時の約束である。

幼い頃から洋子を可愛がってくれた父方の伯父が、大学を卒業してからほとんど外出をしなくなった洋子を気遣って、勝手にとりつけた約束事である。伯父への義理からも無碍《むげ》に断われず、しぶしぶ承諾したものの、あまり気乗りがしなかった。

洋ダンスにかけられた、若草色のワンピースに袖を通す。昨日、やっと仕上げた服である。デザイン、製図、裁断、仮縫い、本縫い、仕上げと、いくつもの製作行程を経て、洋服に仕上がっていく。すべてのことを忘れるほどに没頭できる、この作業の過程が、洋子は好きだった。

好きこそものの上手なれで、洋子の洋裁の腕前はプロ級である。母は、ひとり娘の洋子をいとおしみ、勤めに出ることを強く反対した。花嫁修業だと言っては、茶道、華道、和・

洋裁、組紐、着付け、絵画、ありとあらゆる稽古事をさせた。そんな母の気持ちに洋子は逆らえなかった。

靴を履き、玄関に取りつけられている等身大の鏡に、全身を映した。横目で確認しながら外に出る。

西に傾きはじめた太陽の光線が、若葉を射て、葉色が茜色に染まっていた。そんな風景が、駅へと歩く洋子の心を弾ませる。

目的の有楽町駅には、約束より少し早い時間に着いた。会社がひける時刻とぶつかり、駅の周辺や改札口附近は人でごった返していた。洋子は、人混みを避けるように、場所を少し移動した。

六時のチャイムが構内に響くと、こころなしか胸が高鳴った。五分、十分と、いたずらに時は流れる。洋子に声をかける者はいなかった。胸の鼓動も、いつとはなく消え、かわりに軽い後悔と落胆が、洋子を襲った。

三十分が過ぎようとしていた。

――もう充分、待ったのだから……。

下り線のホームへの階段を上りはじめた。ホームに、電車が着いたのだろうか、階上から人がどっと降りてきた。人波をかきわけるようにして、ホームまで上がった洋子の目の前に、ひとりの青年が立っていた。洋子へ向ける視線に一瞬、心がざわめいた。長身を包むダークスーツが似合っていた。

「高野さんですね。浮織です。あなたの伯父さんから、六時に有楽町駅改札口と聞いたのですが……」

叱責の混じる強い語調である。

「ごめんなさい。あまり人が多かったので、隅の方へ移動してしまい、わからなかったのかもしれません。本当にすみませんでした。もういらっしゃらないのだと思い、ホームに上がってきたのです」

言いわけじみた言葉しか出てこない自分が情けなかった。

こんな出逢い方は初めてである。

今までの洋子だったら、たとえ好感が持てる相手でも、こんな場合はさっさと身をかわしてしまう。それが、今はできない。今までにない感情が、洋子を惑わせていた。

改札口を出ると、

「少し、歩きませんか」

と、正和が先に歩きはじめ、洋子は、少し離れてついていった。駅周辺は、むっとした熱気がたっていたが、日比谷公園に出るころには、風も様変わりしていた。街灯の光と涼風が、木立ちの間をつらぬきわたり、気持ちよかった。若葉を通してこぼれ出る光は、幻想的な美しさを描き、その中を歩むふたりの影がさらに美しさを濃くしていった。

語らいの中で、正和からは駅で見せた厳しさが消え、洋子は清廉なまでの穏やかさに包まれた。公園を通り抜け、洒落た建物が立ち並ぶ場所に出た。中の一軒で、正和が足を止めた。

ドアの上に、燻《いぶ》した銀を花片状に丸く並べた外灯が取りつけられ、そこからあふれ出る光が他のどの店よりも周囲を明るく照らしていた。よく磨き込まれた重量感のある扉が、ふたりを迎え入れようとしているかのようだった。

「ここに入りましょう」

と正和が言った。正和より少し後ろについて入っていく。

正和の肩越しに、ステンドグラス張りの扉が見えた。二枚扉の、重々しさと軽やかさの落差の演出は、未知の店への案内を十二分に果たしている。来店する者たちを驚愕させているいることだろう。

黒いスーツの若い青年が正和に気づき、人なつこい笑みを浮かべながら、ステンドグラスの扉を開けてくれた。

「いらっしゃいませ」

深々と頭を下げる。青年は、軽い笑みを返しながら横を通り過ぎる正和に向かって、

「お久しぶりです」

と、声をかけた。正和の馴染みの店だということが、青年の態度から窺われた。奥まったテーブルに案内されると、すぐに、ボーイが注文を取りにやってきた。

「何か飲みませんか？　僕はワインを。高野さんは？」

「わたし、アルコール類は駄目なのです」

以前、洋子は大学卒業を祝って、気の合った仲間四、五人と初めてお酒の飲める店に行った。仲間うちの解放感も手伝って、ビール、ワイン、日本酒など、次々に飲んだ。そのうちに、手や顔に小さな赤いぶつぶつができ、やがて躰全体に広がると、痛がゆさも加わった。恥かしくつらかった、苦い経験である。躰が、アルコールに拒絶反応を起こしたのだった。それが、洋子の初めての酒であった。

「そうですか。僕も、煙草やお酒を飲む女性は、あまり好きではありません」

力強く明瞭に言う正和に、洋子は少し驚いた。

「でも、今日は特別です。高野さんと、こうして無事に逢えた……。これを祝って、乾杯のまねごとだけでもしましょう」

正和は、洋子のワインも注文した。

「ステキなお店ですね。よくいらっしゃるのですか」

「仕事でこの店を使っていましたが、ここ最近はご無沙汰です。食事を一緒にできるような人が見つかるまでは……、と思っていたものですから」

「そうですか。こんなステキなお店に、連れてきて頂いて嬉しいわ」

「高野さんは、こちらの方へは、よくいらっしゃるのですか」

「卒業してからは、すっかり出不精になって、こちらまでは滅多に出かけてきません」

ワインが運ばれてきて、ふたつのグラスに注がれた。ふたりは、軽くグラスを合わせた。グラスの中の白い液体は、口あたりがよく、冷たかった。甘い香りが口に拡がり、喉に吸い込まれていく。洋子は、ゆったりした気分に浸った。

正和が突然、つぶやくように言った。

「よく逢えたなぁ……。僕たち」

「本当ですね。お待たせしてしまったようで申し訳ありませんでした」

洋子は、素直に非を詫びた。

「いや、僕の方が悪かった。何か目印になるようなものでも持つようにしておけばよかった。申し訳ありませんでした」

「いえ、そんな」

「でも、面識のないふたりが、こうして逢えたことのほうが不思議なくらいですよ」

洋子は黙ってうなずいた。

次々に運ばれる料理に手をつけながら、会話を楽しんでいると、時がたつのを忘れてしまうようだった。正和との楽しい時間が、終わろうとしていた。

湖に投げ入れられた小石が、静かな水面に作り出す小さな輪。洋子の気持ちの中での正和の存在は、その輪が、徐々に拡がりを見せていくさまに似ていた。

「遅くなるといけません。そろそろ出ましょうか」

「はい。今日は、ご馳走になりました。とてもおいしかったです」

華やいだ熱い気分が終始洋子を包んだ。こよなく楽しいひとときであった。

店の外に出ると、さきほどまでの気温とはうって変わった冷たさが洋子の肌を刺した。

どんよりとした雲が、空を覆い尽くし、星は見えなかった。

「明日は、雨になるかもしれないな」

空を見上げながら、正和が言った。

「ところで、高野さんの門限……ですか。別に決められてはいませんが――」

「エッ！　門限……ですか。別に決められてはいませんが――」

正和からの唐突な質問に、洋子は、精一杯の抵抗をこめた強い語調で返した。

「そうですか」

腕時計に目をやり、

「帰りの時間を考えると、家に着く頃には、今からでも少し遅い時間になってしまうなぁ……」

と、ひとりごとのようにつぶやいた。駅まで歩いてもたいした距離ではなかったが、正和の判断で、ふたりは、タクシーに乗った。車中には、先客の香水の残り香と、ふたりの沈黙だけが漂っている。

駅に着くと、洋子は正和に今日の礼を言った。正和は切符と週刊誌を買い、「最寄り駅からタクシーで帰るように」と言って、お金の入った封筒も一緒に洋子に渡した。が、洋子

は封筒だけは、丁重に断った。正和は、

「今日は僕も久しぶりに楽しかった。ありがとう。また、連絡させて頂きます。ホームまでは見送りません。ここで失礼します」

と言って、くるりと背を向け、駅とは反対方向へ足早に歩いていった。

正和は、振り返らなかった。洋子は、軽い落胆を抱いたまま、電車に乗った。酒に酔った客が座席にもたれて正体なく眠りこけている車輛を避け、女性客の多い車輛に移動し、空いた席に座った。

数分前まで、一緒だった正和のことがしきりと思い出された。話が佳境に入ると、微笑む顔が少年のようになった。時折見せる弱々しい、曖昧な笑いには、寂しさのかげが漂っていた。

一つ違いでも、社会を知らない洋子に比べると、判断力や行動力は、大人っぽかった。洋子は、自分を幼く感じた。

洋子は、車内の明るさと夜の暗闇が鏡に変えた車窓に映る自分の姿を、じっと見つめていた。

青春

巡る季節の中で、洋子は、初秋が一番好きだった。最期への意識を高めるように、樹々は徐々に美しく彩りはじめる。

洋子は、心の闇の中にいた。

正和との出逢いから、何の連絡もないまま、五カ月近く過ぎていた。洋子の心には、ちらちらと燃える線香花火のように、正和への想いがあった。日を重ねるごとに、次第に膨らんでいくこの想いを、洋子はコントロールできなくなっていた。

夏のある日。

伯母のお供をして、銀座界隈へ出かけた。最初に立ち寄った日本橋のＭデパートから出たときである。

「あら大変だわ」

伯母がＭデパートの紙袋の中を覗きながら言った。

「どうかなさったの、伯母様」

「わたし、自分の買物ばかりに気をとられていて、主人に頼まれていた物、すっかり忘れてしまったわ。すぐ戻るから、洋ちゃんはここで待っていて」

伯母はそう言い残し、足早にMデパートの中に入っていった。伯母を待つ洋子の頭の中には、正和への思いがあった。

〈そういえば、浮織さんの会社もこの近くだったわ……〉

正午を過ぎたためか、昼食を求めて人の往来が激しくなってきた通りの方へ洋子の目は向けられていた。人の波に混ざって歩く正和がそこにいた。

「あっ」

つぶやきとも叫びともつかない声が、喉をついた。

正和の横には、女性がいた。

新幹線ブルーの鮮やかなミニのスーツに、肩まで届く栗毛色の髪。親しそうに歩くふたりに、洋子の心はざわめいた。

一瞬、ほんの一瞬。正和と目が合った。

何事もなかったように、ふたりは、洋子の視野から消えた。心臓を鷲掴みされたように、奥底から痛みが湧きあがる。

これが、恋する心なのか。

人を好きになるとは、こんな感情を抱くことなのか。未知の世界に足を踏み入れ、寂寥と歓喜のはざまで、揺れる自分――。どうしてよいのか、わからなくなっていた。

洋子はその夜、なかなか眠りにつくことができなかった。


祖父母の代からの自慢の銀杏は、二階の屋根を越えるまでの大樹となり、縦横無尽にのびた枝葉が、鬱蒼と窓を覆い、室内を暗くしていた。

銀杏の実を摘んだ後、植木屋の手によって刈られ、今はこざっぱりとしている。残された銀杏の葉の先端が、黄色味の帽子をかぶりはじめると、秋が段々と深まりゆくのを感じる。

昨日は、思いもよらない正和からの電話に、驚かされた。

「もしもし、浮織です。ご無沙汰しています。突然ですが、明日、お逢いできますか。もし都合が悪くなった場合でも、こちらへの連絡はいりません。では、十時、有楽町駅で待っています」

五カ月の思いのたけを、正和にぶつけたかった。正和の一方的な電話に受け身な立場で答えることしかできない自分が、情けなかった。しかし、正和の電話で、つかえていたものが除かれていくように、洋子をとり囲んでいた重く暗い感情は薄れ、気持ちが晴れていくことは、隠すことができなかった。

有楽町駅は、日曜日の午前中ということもあってか、意外にも人の動きは少なかった。正和が、洋子をすばやく見つけ、走り寄ってきた。レンガ色のシャツとセーターという服装が、洋子のシャツカラーのミニワンピースの柿色と溶け合った。

取引き先の運動会が、近くで行われているので、挨拶がてら顔を出すということであった。ふたりは、会場へ足を向けた。堤防沿いに歩いていくと、軽快なテンポの音楽に混ざり、賑やかな声援が響いてきた。洋子は、「本部」と太字で書かれたテントへ入り、数人と話をしている正和の姿を遠目にながめていた。午前の部の最終演目を告げる放送がスピーカーを通して流れると、グラウンド中央に集団ができはじめた。洋子も近くまで行ってみた。

障害物競走も残りあと一組、白組が勝つと午前の部は優勝である。白の鉢巻をした若者は高校生だろうか、ジャージ姿が板についていた。

スタートラインに着くと、応援の声は一段と高くなっていく。予想通り、先を走る白鉢巻の若者と二番走者との距離は、だいぶ開いていた。

難関のネット潜りにくると、若者はネットの中で跪き、思うように進めない。ネットの四隅を持つ男たちも一斉に声援を送った。上半身でネットを高く上げて進む体勢を二番走者が上手く利用し、するするとネットを潜りぬけ、そのままトップでゴールしてしまった。一瞬の出来事に、白組の人々の声援が溜め息に変わった。白鉢巻の若者は、しきりに首を傾げながら、入賞者の列に加わった。

障害物レースも人生のレースと同じだ、と洋子は思った。上手に立ち回る者が覇者となる。

正和が近づいてきた。

「お弁当をもらったんだけど……」

当惑の表情で、弁当の入った袋を持ちあげた。

「本当に?」

「昼は、高野さんの好きなものでもと、思っていたんだけれど……」

「ご馳走になりましょうよ、ピクニックみたいで楽しいわ」

ふたりで、座る場所を探していると、近くにいた家族連れが、花柄のシートを貸してくれた。川の流れの見える場所にシートを敷き、ふたり並んで座った。

袋からとりだした黒塗りの重箱の中身は、和食であった。里芋、はす、人参、しいたけ、ふきの煮物、大根、なすのお新香、まぐろの角煮、鯛の練り物、季節の天ぷらが盛られ、ご飯の上には黒ごまがふられていた。豪華な昼食であった。

正和が、紙コップに注がれたお茶を一気に飲むと、

「さあ、これで仕事からは放免だ。今度はあなたの行きたい所へ付き合います」

と言った。

洋子は、シートのごみをはらい、丁寧に折り畳んで、礼を言って返した。ふたりはその場を離れた。


正和と洋子は、残りの時間を惜しむように、東京のあちこちを駆けめぐった。

夜の盛り場の裏通りは、ネオンの明かりだけで薄暗く気味がわるい。正和は、尻込みする洋子の手を取り、楽しんでいるかのように、路地裏を駆け抜けていく。洋子も正和となら、どんな所へも行けると感じた。

楽しいひとときが終わろうとしている。

正和と会えなかった五カ月の空虚は、恋に堕ちた洋子への試練でもあった。このまま黙って別れるということは、あの五カ月の日々が戻ってくるということである。不安が洋子をかりたてる。正和からの言葉が聞きたかった。結果はどうであろうとも――。

「わたし、あなたと出逢って、恋の傷を負いました。あなたのことを思って、五カ月の間、わたしの心はぐしゃぐしゃでした。自分が、自分でなくなりました。恋の傷は深く、どうやって傷を癒せばよいのかわからなくなっています。時間は、何も解決してくれません。ここでさよならをすれば、今度、あなたにいつ逢えるのですか。もうその時はないのですか。このまま黙ってわたしの前から消えないでください。きちんと言葉で告げてください。結果はなんであれ、その方がすっきりします。ごまかすようなことはしないでください」

思いがけず堰を切ったように話し出す洋子に、正和は当惑していた。が、正和も、洋子に想いがあった。それまで正和を取り巻いていた女性とは違うタイプの洋子に、初めて出逢ったときから惹かれていた。逢ったばかりの洋子に、自分の胸のうちを明かすのはためらわれた。だから、自分の気持ちを悟られぬように振るまったのであった。

ふたりの想いは、五カ月の流れを経て余計に強まった。

正和が静かに言った。

「束縛したいの？」

「……別に」

「それじゃあ、信じて欲しい。こっちだってすごく不安なんだから……」

「えっ」

正和の腕が、洋子の躰をそっと抱いた。洋子の細い躰から、じわじわと燃える炎が正和の腕に、心に、伝わってきた。

あの日から結婚まで、正和と肌を合わせることもなく、甘い愛の言葉を交わすこともなかった。が、正和と過ごした六年の時の流れは、情愛からやがて夫婦の情合に、変わっていった。

第五章　疑　惑

転落

「おい！　ママ！　ママ！」

強い調子の声が、響く。

「どうした？　ぼんやりして。そろそろ、バスに戻ろう。……ママ、奥にいるふたり連れ、ツアー組じゃないか？」

正和の促す方向に目をやると、向かい合って座っているふたりの姿が目に留まった。洋子は、連れの男の方に見覚えがあるような気がした。脂ぎった顔は、逆に肌艶がよく見える。小腹の突き出た躰さえも、一種の風格を感じさせていた。女の方といえば、かなりの美人で高価なものを身にまとっているが、顔にかかる髪を払う仕種や、濃いめの化粧、煙草を吸う仕種が、品格を失わせていた。

洋子は、ふたりの間に漂うわけありの匂いを感じとった。今までの、ゆったりとした気分が抜け出ていくようであった。一刻も早く、この店を離れたくなった。

旅も一日を残すだけとなった。夫婦は、日本海の味覚や古都の風趣を、充分に堪能した。

正和も、地酒の旨味にひかれ、昨夜は量がすすんだようである。

洋子たちは少し早起きをして、輪島の朝市に出かけた。素朴な朝市は、活気に溢れていた。人のよさそうな中年女性に声をかけられ、越前蟹とタラバ蟹を息子たちの土産に送ってもらうことにした。

最終の観光地。能登金剛ヤセの断崖に豪快に打ち寄せる荒波によって作られた岩々が続く海岸は、見事なアートの世界を造りだしていた。が、断崖からの眺望は思わず息をのむ。覗き込むと、尋常ではいられない。

「おーい、人が落ちたぞ！」

遠くで、誰かが叫んでいる。人々が、声のする方向に駆け出していく。

「何かあったのですか？」

傍を走り去ろうとする人に、洋子は声をかけた。

「よくわからないが、どうやら、あの崖の上から人が落ちたようだ」

足を止めることなく、背中から返事が返ってきた。

疑心を抱きながら、ふたりも近くの岩原まで登っていった。崖の上に立って海原を見渡すと、はるか遠い水平線に躰が一体化されたような錯覚に襲われる。しかし、足元を覗けば、むき出しの岩肌が打ち抜かれたように口を開け、断崖の高さを容易に推測させた。事故の現場は、騒然とした空気に包まれ、警官、消防団に混じり、野次馬が右往左往し、怒鳴り声も叫びもすべて、打ちつける荒波にかき消されていく。

腹這いになり、崖から海を覗き込むような恰好で叫んでいた男が、駆けつけた警官に抱きかかえられるようにして立ちあがった。が、顔は歪み、手は虚空を摑んでいた。少し落ち着きをとりもどすと、男は、警官の質問にポツリ、ポツリと答えた。

「ここにいらしたのは、あなたたちだけですか。他にもいましたか」

「ふたりだけということはありません。はっきりしませんが、遠くの方に何人かいたように思います。わたしは、彼女を撮るのに夢中で、レンズを覗いていましたから……。そうだ、たしか子どもがカメラの前を横切ったので、レンズから目をはなしたんです。と、同時に彼女の悲鳴らしき声が聞こえ、前方を見ると彼女が消えていた。わたしにはその時、何が起こったのかはっきりと理解できませんでした。まさか、粃君《しいな》が転落するなんて……。粃君、粃君は、どうなったのですか」

警官は、男の高ぶりが鎮まるのを待って言った。

「大変残念なことですが、ここから転落しては、とても助からないでしょう。過去にもここから転落した人があったのですが、その時の遺体もまだ上がっていません。今回も、おそらく……」

男は、頭を両腕で囲むようにして、その場に座りこんだ。

「とにかく、署の方で少し休まれた方がいい。さぁ、どうぞ」

パトカーではなく、黒塗りの車が廻された。背中を支えられるように、男は車に乗った。

降って湧いたような、悲惨な出来事に遭遇したのは、不幸にも浮織夫妻が参加しているツアーのなかのひとりであった。

——事故に遭ったのが、あの女の人……。

喫茶店での女性の顔が、角度を変えては甦って、洋子の心に、暗影を落としていった。

帰路の車中には、重い空気が流れた。誰ひとりとして、言葉を交わすことはなかった。

洋子の耳もとに、囁くような声が聞こえた。

——この事故は、未必の故意だ……。

閃光

昼頃から降りだした雨は、強風にあおられ、窓にぶつかり、踊り、はじけているようであった。

洋子はティーポットに湯を注いだ。ポットの側面に、サイドライトの光が反射し、薄暗くなりかけた室内で、そこだけが輝いている。

来客を告げるチャイムが鳴った。そっと扉を開けると、見覚えのある顔が立っていた。

「どうぞ」

洋子は、客を招き入れた。

雨に叩かれ濡れた上着は、かなり着古されている感じがした。脱いだ靴の踵からも、仕事への情熱が窺われる。

リビングに入ってきた男は、ソファーに腰も下ろさず、部屋の中を眺めていた。洋子はタオルを渡し、ソファーを勧めた。

男は、米倉晴彦。K署の刑事である。

オヤジ狩り事件のときに、洋子になにかと気を遣ってくれた刑事であった。面識はあったが、この男の訪問を受けるとは……。

「あの節はお世話になりました。今日は、どんなご用件で?」

「北陸ツアーに奥様も参加されていたそうですね。実は、転落事故の様子を少し伺うことができたらと思いまして」

「あの事故の件ですか。あなたがどうして? それに、あれは事故ではないのですか」

ティーポットから出るお茶は、ほどよい色合いとなってカップに注がれた。

「どうぞ」

洋子は声をかけた。米倉は、軽く頭を下げる。

「奥さんは本当のところ、どうお考えですか。事故だと思っていらっしゃるのですか。正直な気持ちを聞かせてください。あのカップル、ご存知かもしれませんが、男の方は岡倉大善、代議士です。女は岡倉の私設秘書で愛人の粃美里です」

岡倉大善の顔が、洋子の脳裏に甦った。特別な感情も、好奇心も、洋子には湧いてこない。

しかし、この時、洋子は自分の脳の未踏の領域に、何かが侵入したのを感じとった。

洋子の脳中に、事件の映像があった。

突然、洋子は憑かれたようにしゃべり出した。

「あれは殺人事件です。岡倉大善がこの事件の首謀者です。

粃美里が岡倉大善と逢ったのは、岡倉が代議士となってまもない頃でした。彼女はホステスをしていましたが、客あしらいや金策の才知に長けていました。この才知に、岡倉が惚れ込み、秘書にしたのです。

彼女は、岡倉の愛を信じていました。政治資金の私的流用、公共事業の口利き、ゼネコン業者からの献金など、ありとあらゆる仕事をやってのけました。見て見ぬふりの岡倉は、万が一の発覚の際には自分の身代わりとして、粃美里を使うことにしていたのです――死人に口なし、ということで。その『万が一』が現実となり、岡倉の身に迫ってきました。そこで、以前からの計画を実行に移したのです。

地元への視察や派手な凱旋では、計画の遂行は難しい。だから、代議士岡倉大善ではなく、一市民岡倉としてのツアー参加が、事故の誘発には不可欠でした。幸か不幸か、大臣まで昇ったとはいえ、岡倉の顔を知る者は少ない。

岡倉は、入念な計画のもとに、地元の協力者と事前に打ち合わせをしておきました。ツアー最終日、あの場所で起こるべき事故が、起こったのです。普通の人間だったら、常軌を逸した者への怒りと、哀れみを感じるでしょう」

洋子の話は終わった。

普通なら、こんな馬鹿げた話はしない。彼女が語ったのは、自分でも耳を疑うような内容であった。が、彼女が米倉に語ったことは、すべて真実である。ごく細い針の先で、刺されるような、微かな痛覚が洋子を襲った。洋子は、側頭葉のあたりを両手で押さえた。

米倉は洋子の話に、驚きや疑心の言葉は発さなかった。つぶやくように言った。

「やっぱり、思っていた通りだ——。奥さん、あの事故のこと、僕なりに調べてみたんです。どうしても納得がいかず、奥さんもツアーに参加していたことを知って、話を聞かせてもらおうと迷惑を承知でうかがいました。

でも、奥さんの話を聞いているうちに、岡倉が黒である確信が持てました。あとは、ひとつひとつ実証するだけです。岡倉には、法の裁きを受けてもらいますよ。ありがとうございました」

すっかり冷めた紅茶を一気に飲むと、米倉は礼を言って帰っていった。

ひとりになると、洋子は激しい倦怠感に襲われ、その場に崩れるように座りこんだ。

弁明

テレビや新聞は、連日、岡倉大善の事件を報道していた。そんな中、彼に対する国会の審議が始まった。

参考人喚問を受ける岡倉には、なぜか余裕の表情さえ浮かんでいる。彼も、初当選を果たした頃は、輝きに満ちていた。

頼るべき後ろ盾も持たず、朽ちかけた政治の建て直しを図るため、国民の力を支えに、真紅の絨緞を踏んだ。が、待っていたのは捕らえられた蜂が出口を求めて四方八方にぶつかり、跳ね返されるような日々であった。

時の流れとともに、岡倉大善は変質していった。やがて党に属し、党内のルールに従っての頑張りで、大臣という夢の椅子にまで座った。

常に行動を共にしてきた仲間たちにも、睨みを利かせるまでになっていた。だが今回の問題に関しては、上層部に具陳するのを忘れなかった。

「ご指摘がありました問題は、わたしに何の断りもなく続けられていたことです。わたし自身、ずっと目かくしされたままでした。慎重に事を運ばなければ、あらぬ誤解を招き、関係者に多大なるご迷惑をかけることとなりますので、怒りに任せて重要な決断をくだすことは避けてまいりました。

わたしの秘書である粃君は、何度問いただしても、貝のように口を閉ざすだけでした。心を変えようと、旅に連れ出すことを考え、ツアーに参加したのですが、思わぬアクシデントが最悪の事態を引き起こしてしまいました。しかし、彼女が独断でやったこととはいえ、わたしの監督不行届きであり、政治的、道義的にも、責任は重いと考えております。

彼女を失った今となっては、すべての解明は困難をきわめますが、可能な限りやっていかなければならないと思っている次第であります。この場を借りまして、国民の皆様に対し、深くお詫びをするとともに、今後も精進していかなければと、かように、考えている次第です」

岡倉は、続出する質問をのらりくらりとかわした。が、時には顔面を紅潮させたり、こぶしをギュッと握り締めたり、涙ぐんだり、威圧的に声を荒げたりする演出も決して忘れなかった。

「政治と金」にまつわる不祥事があとをたたない。政治の世界は、国民不在。日本で、一番遠い場所、それが永田町であるのかもしれない。

男たち

梅雨の季節に入ると、雨の日が続いた。庭のあじさいが、急に活気づく。雨のしずくが、花びらに吸いこまれ、ぽっと息をし、色をさらに鮮やかにする。濃緑のベールをこんもりとかぶった草木には、夏を迎えうつかのように、雨のシャワーが充満する。

米倉からの度重なる呼び出しに、洋子は少しうんざりしていた。が、外出の必要に迫られ、重い腰をあげた。

岡倉大善逮捕のニュースから、二週間が過ぎようとしていた。

梅雨寒、小糠雨……。不安な面談が、洋子を心まで凍らせた。

ビル内の人影はまばらであった。すぐに米倉を見つけ、軽く頭をさげた。米倉は洋子に近づくなり、挨拶もそこそこに、

「あなたがおっしゃったとおりでした。岡倉が観念したのでしょう、全面自供したんです」

と、興奮を抑えるように、早口に言った。洋子は、岡倉が自分の命運が定まったことを理解したのだろうと思った。エレベーターが目的の階に着くまで、米倉は熱く語っていた。

案内された場所は、会議室のようである。広いテーブルに、十脚の椅子がきちんとおさめられている。くもりガラスのドアで仕切られた隣の部屋から、男たちの声が聞こえたが、会話はドアに遮られ、くぐもっていた。

薄グリーンのブラインドが半分開かれていた。一面に水蒸気が立ちこめ、かいま見える樹木は細く薄くまるで薄羽かげろうのようにも見える。隣室の男たちが立ちあがる気配に、洋子は窓から離れた。

ドアが開き、一列に男たちが入ってきた。洋子を囲むようにして、男たちが椅子に腰かけた。真向かいの席の男が、捜査を統括している長田勝利と名乗り、洋子に犒《ねぎら》いの言葉をかけた。面識を持たない洋子のために、長田がほかの男たちを紹介してくれた。

「ご紹介しましょう。こちらの席から、検察庁の林田、警察庁の住田、楠、それと、浮織さんもご存知の米倉です」

居並ぶ男たちの顔が、挨拶代わりに動いた。どの男たちも一様に目が鋭かったが、とくに長田の顔は、実に印象深かった。髪はやや短めに刈りあげられ、薄べったい耳は長く、目といえば、三白眼のためか、見据えられると気持ちが萎える。

——蛇に見込まれた蛙とは、このことか。

と、洋子は思った。彼らは、洋子から目を逸らしていたが、長田の質問が核心にふれると、一様に視線が変わった——目標の獲物を確実に捕らえるハンターの目のように。

「浮織さんにぜひともお話しして頂きたいと思いまして。あの北陸の事故が殺人であるとの見識は、どこからきたものなのですか。それとも、何か確証があってのことだったのでしょうか」

「そんなものは、ありません」

「おかしいですなぁ。何もないのに、なぜ殺人だとおっしゃったのですか」

「そう思ったからです」

「思い込みだけで発言するとは、決して良いこととは言えないのではありませんか。今回、たまたま事故でなく、あなたがおっしゃるように殺人であったから、問題は何も起こりませんでしたが、これが逆の場合、あなたは名誉毀損で訴えられていたかもしれませんよ」

洋子は、答えなかった。

「お話し願えませんか。あなたが、ご自身のお考えだけでそんなあぶない橋を渡るとは、どうしても考えにくいのです。何か知っていらっしゃったのでしょう?」

長田は柔らかな口調ではあったが、執拗に迫った。

「これは訊問ですか」

「いえ、いいえ。質問させて頂いているのです」

さらっと、長田は答えた。

「何度も申し上げているように、わたしの方からお話しすることは何もありません。そろそろ失礼させて頂いてよろしいでしょうか」

「浮織さん、わたしどもにもう少しお時間をくださいませんか。そうそう、今回の報告書にはもう目を通されましたか」

「いいえ」

「米倉君、すぐにお見せしなさい」

「いいえ、結構です。わたしは、この事件に一切関知していません。それに興味もございませんから」

「いえ、ぜひ目を通してみてください。そうすればわかりますよ、岡倉の自供と、あなたがうちの米倉に話した内容に、寸分の違いもないことが——」

「岡倉の自供とわたしが話した内容が、一致したからといって、何か問題でもあるのでしょうか」

「わたしたちが知りたいことはひとつ、どうしてあなたが知り得たかという点です。これは、推測という言葉だけでは片付けられません」

「長田さん。この度のお呼び出しは、事件協力への犒いだと解釈してもよろしいのですね」

「勿論です」

「ではなぜ、その一点にばかり拘《こだわ》るのでしょう。ご丁寧にも録音までなさるとは」

長田の顔が急に紅潮した。

「今の時代、わたしたちが抱えている厄介な問題は数知れない。今回の件も、あなたのご協力で解明にいたったことは隠しようもない事実なのです。あなたのご意見や、考え方などを、今後の捜査資料にと思うあまりの勇み足でした。失礼はお詫びいたします。わたしどもの心情もお察し頂いて、どうかお話し願えませんでしょうか」

長田は、机上にある書類をぱらぱらとめくりながら言った。

「そう、確か《オヤジ狩り事件》の際も、あなたは現場にいらした。ここに記載されていますが、若者たちが、ナイフや棒などで男を威しているなかに、女性であるあなたが単独で止めに入った——とありますが、何をしでかすかわからない、むちゃな連中にはなるべく関わらず、やり過ごすのが通常の考え方ではありませんか。なのに、あなたは無謀にも、連中のなかに飛び込んでいった。

運良く、あなたは無傷、大怪我をしたのは連中の方でした。精神障害を起こし、今なお病院通いを余儀なくされている者もいるんです。なぜ、という疑問が残ってしまう。あの場にいたときの、あなたの気持ちでも結構です。われわれに話してください」

「いくら、話を聞かせてくれ、説明してくれと言われても、わたしにも事実わからないのです。ただあの時、わたしであってわたしでなかったような、そんな気がしました」

洋子の言葉に、男たちは納得しなかった。

長田は、こと仕事となると、執着の念がさらに増長されると部内で評判なのだと、事前に耳にしていたが、予想をはるかに超えていた。

洋子にとっては、不運だとしか思われなかった。長田の蜘蛛の巣を張りめぐらすような追及は、縷々《るる》として尽きるところを知らなかった。事実、洋子は男たちに囲まれてから、時折感じるあの意識をどう形容し得るか、簡潔な言葉を見つけられずにいた。会議室から醸し出される雰囲気は、洋子にとって苦痛な監禁場所でしかなかった。途方もなく長い時間からやっと解放され、外に出た。

洋子は、ふうっと強く息を吐き出した。胸に詰まるものすべてを、吐き出すように。

雨はやんでいた。空気は生暖かく、濡れた木の葉の匂いとからみあっていた。前方の上空が、瑠璃色に染まっているのが見えた。

第六章

港町

墓参り

洋子の躰は、まるで以前の健康をとりもどしたかのように、すこぶる調子が良かった。が、気持ちの方は疲労困憊していた。

気分転換を兼ねて、洋子は、父の眠る山形へ向かった。

父は生前から、少年時代を過ごした山形で眠りたいと口癖のように言い続けていた。気軽に墓参りに訪れることができない遠い地に墓を建てることに、親族は反対したが、洋子は、父の遺言を盾に、ようやく納得させたのである。新幹線が通るようになり、いくらか時間も短縮されるようになったとはいえ、何度かの乗り継ぎは、やはり遠さを痛感させられる。

小高い丘を登りつめると、父の墓が、洋子を出迎えた。

前方に広がる雄大な風景を見つめながら、乱れた呼吸が静まるのを待った。

厳寒の冬ともなれば、すべてが雪に覆いつくされ、静寂に包まれていく。まるで、墨絵の中にいるような錯覚を抱かせるだろう。

若草色に萌ゆる春の大地、空中を乱舞する鳥たち……。雪解け水で増大した谷川は、清流から濁流へとかわり、夏に至る。夏の太陽の直射光線は、より天空の青さを増し、深緑の谷間を渡りくる風は、涼風となる。樹々が化粧をはじめると、山々が紅色に染まり、時に誘われ枯色になって、やがて深い眠りにつくのだろう。四季折々の趣は贅沢なものである。

父がよく語って聞かせてくれた故郷——。洋子は、ここに立って、父の気持ちが少しわかるような気がした。

ふもとで四リットルの水を購入した。ペットボトル二本分はさすがに重かったが、墓石を洗い、花に水をやると、ボトルの水は空になっていた。線香の煙が、まっすぐに立ちのぼってゆく。好物の酒と果実を添え、手を合わせた。

墓参りを終えると、いつものように躰が軽くなるのを感じた。

墓が建ち並ぶ丘をえぐるように、線路がゆるやかなカーブを描きながら延びている。単線ではあったが、一、二時間の割合で、いまも運行されている。

車輪と線路の摩擦音が、吹く風に乗って聞こえてくる。洋子の居場所からは、樹木にさえぎられて走る列車を見ることはできなかったが、遠いようで近い気がした。

なにげなく、真下の線路に目をやると、鈍く光る線路に吸い寄せられるように歩く人影がある。

もう一度見た。女のようである。

女と、走りくる列車が、点からやがて線となる。洋子は、ただならぬ意識を感じとった。もと来た道を全力で走り下りたとしても、間に合わない。迷っている時間はなかった。気持ちが固まった。

――ここから、降りなければ！

バッグを口にくわえ、顎の高さまで伸びた茅を両手でかきわけ、足を踏み入れた。足首までブスッと土の中にめりこんだ。

恐怖する洋子の背中を、何かがついと押す。腰を落とし、一気にすべり降りた。

女を線路から突き出し、地面にひれ伏す。女の上に、洋子が重なった。ふたりの横を速度を上げ、列車が通過していった。

静かな風景が戻った。

洋子がすべり降りた斜面の木の小枝は折れ、雑草が、踏みしだかれていた。死と危険は、特別な衣装をまとわず、突然やってくるものだと洋子は思った。衿先のまるい白いブラウスの肩から胸の部分が見えるほどセーターがすべり落ち、両手は泥で染まり、頬には乾いた涙がへばりついていた。履いていた靴だけが、線路に取り残されていた。

顔面蒼白で、その場にへたりこんでいた女のそばに寄り、声をかける。

「あなたに何があったかは知らないけれど、こんなことをしてはいけないわ」

洋子の言葉に、女は、留め金がはずれたように、憚ることなく声を出して泣きだした。

「泣きたいだけ泣いて、躰中を洗い流すといいわ。少しはすっきりするかもしれないわ。わたしも、悲しいときはずうっとそうしてきたの」

彼女の肩を抱きよせ、顔を覗き込むようにして言った。

沈黙が続いた。

洋子には、数分前の一連の出来事が絵空事にも思えてきた。女が、口を開いた。

「助けてなんかほしくなかった。何も知らないくせに」

吐き出すような台詞を戒めるように、洋子が言葉を返す。

「馬鹿なことを言ってはいけないわ。あんな無茶な行動を、見て見ぬふりをする人はいないでしょう。第一、残された人は、悲しみを背負ってずっと生きていかなければならないの。その人たちのことを考えてみたことがあるの?」

「わたしは充分すぎるくらい承知しているわ。絶望の淵に追いやられ、踠き苦しむ毎日……。このまま目覚めないでほしいと、何度、願ったことか。わたしが死んだからといって悲しむ人は、この世にたったひとりもいないわ」

「だから死のうとしたの？　それぞれ理由は違うけれど、人はみな、十字架を背負って生きているの。なぜ、自分の力でそれを打破しようとしないの」

「何度も何度も、努力したわ。でも、もう駄目なの」

女は、再び声をあげて泣いた。洋子は、次の言葉をのみこんだ。

長い沈黙が流れた。先に口を開いたのは、女だった。もう先ほどまでの乱れた彼女ではなかった。彼女は、小林米子と名乗った。

「よ・ね・こ」

「小林米子さん？」

洋子が訊き返した。彼女は小さくうなずいた。

洋子に、遠い過去の記憶が自然と甦ってきた。

「わたし、同姓同名の人を知っているんだけれど。もしかしたら、あなたは横浜の水上学園かしの木園にいたことのある……」

再び、彼女が、うなずいた。が、彼女は、目の前の洋子が誰かわからなかった。

「高校生のお姉さんたちが四、五人で、毎週土曜日にかしの木園に行って、遊んだり、おやつを作ったりしていたの、覚えている？　そのときのひとりが、わたし。米ちゃんはわたしのこと、よっこ姉ちゃんって呼んでいたわ。わたしたち、とっても仲よしだったわ。忘れてしまったかしら、思い出してよ」

「よっこ……、よっこ姉ちゃん……。あのよっこ姉ちゃんなの？　ほんとだ、よっこ姉ちゃんだ。こんな所で逢えるなんて……」

一瞬にして、米子の脳裏に庭でよく遊んでくれた洋子の姿が甦った。地獄に仏、米子の目から止まっていた涙が、再び溢れ出した。

「米ちゃんにも、いろいろあったみたいね。死のうと思うほど、苦しいことがあったのね。こんな所ではゆっくり話もできないわ。今日は、ずっと一緒にいてあげる」

感情とは対照的に、のどかな田園風景が拡がっている。国道を外れているので、行き交う車もほとんどない。ましてや、タクシーなどは皆無である。

洋子が予約した旅館は、歩いてもそうたいした距離ではなかった。小川と水田にはさまれた農道を歩いた。黄色のタンポポや、高くなった茎に薄紫がかった可憐な花をつけたハルジオンが咲いていた。子どもの頃、花摘みをした記憶が、ふたりを押し黙らせた。

先方の川の流れから、湯煙が立ちこめた。山麓に、旅館やホテルが点在している。洋子たちの目的の旅館は、細い坂道を下った所にあった。玄関ホールには、人影はなかった。

呼び鈴を押すと、白髪混じりの男が現われた。

「予約しておいた浮織ですが」

と、洋子が言った。

「いらっしゃいませ」

「急で申し訳ありませんが、ひとり追加、お願いできますか」

「かしこまりました。すぐにお部屋にご案内させましょう」

仲居に案内され、廊下の奥の階段を登り、二階の南側に面した部屋に通された。仲居が、お茶を入れながら食事の時間を聞いた。

「夕食は、六時にしてください」

仲居が、朝食は六時から九時まで、三階の滝の間でバイキング方式だと言って部屋を出て行くと、洋子は外を眺めていた米子を呼んだ。お茶に、饅頭が添えられている。さきほど、仲居が、

「ここの売店にも置いてあるので、よろしかったらお土産にどうぞ」

と言っていた。

お茶を一口飲んでから、饅頭を口にしていた洋子が、声をかけた。

「まだ四時だわ。米ちゃん、お風呂に行こう。これまでの垢を綺麗さっぱり洗い流してしまいましょう」

ふたりは浴衣に丹前を羽織り、備え付けのタオルを手に浴場に向かった。

浴場は三階にあった。赤字で、《女湯》と書かれた暖簾をくぐると、早い時間のせいか、誰もいなかった。窓ガラスの湯気の向こうに、緑が薄ぼんやりと拡がっている。窓ガラスの湯気を拭き取ると、はっきりとした形があらわれた。

湯舟に躰を沈めると、崖をすべり降りたときの手足の擦り傷や、尻餅をついたときにできた赤紫のあざが、湯に刺激され、ヒリヒリと疼いた。

米子は、首まで湯につかっていた。米子の躰を打つ湯の感触を、洋子は容易に想像できた。

部屋に戻るまでの間、老夫婦らしいふたりとすれ違っただけである。ずいぶんと長い時間、浴場にいたので、どうやら湯気でのぼせたらしい。他人の足を借りて歩いているような、頼りない足どりで部屋に戻ると、部屋の中は暮れなずむ春の光をうけて明るかった。

濡れたタオルをかけ、窓を開けると、冷たい外気が湯でほてった躰をなでていく。

「気持ちいい！　米ちゃん、風が気持ちいいわ。こっちへ来ない？　米ちゃん」

声をかけたが、返事がなかった。洋子が洗面ルームを覗くと、米子はタオルで濡れた髪を拭いていた。

「返事がないので、驚いてしまったわ」

「ごめんなさい。こんなにゆっくりお風呂に入ったの、久しぶりなので、頭の中がぼーっとしちゃった」

「喉が渇いたでしょう、飲まない？」

グラスを握る恰好で飲む真似をした。

「ビールですか？　すぐに行きます」

洋子は、冷蔵庫の中からビールを取りだし、栓を抜いた。米子がタオルを頭に巻き、部屋に入ってきた。グラスを合わせると、米子は一気に飲み干した。

「うわー、おいしい！」

アルコールが苦手な洋子も、風呂あがりの一口はおいしかった。

「米ちゃんは、いける口?」

「そうじゃないけど」

米子は、目を伏せた。洋子は、米子の空になったグラスにビールを注いだ。

「里親が夫婦とも死んでしまい、本当にひとりぼっちになってしまったとき、悲しくてさみしくて、どうしてやりすごせばよいのかわからなくなったの。お酒を飲んでいる時だけ、その思いから解放された。だから、くる日もくる日も、お酒を飲んでは眠る日々を送っていたら、お酒が平気で飲めるようになっちゃった。でも、ただの一度だっておいしいと感じたことはなかった。今日はすごくおいしい!

あっ、大変だ! 髪、乾かしてくる。このままにしていたら、明日はもう大変なことになっちゃうの」

米子は、再び洗面ルームに駆けていった。

洋子は、なんだか少しおかしかった。今の米子を見ていると、数時間前まで死にたいと騒いでいたとは思えなかった。が、嬉しいと思う気持ちの方が強かった。

陽が沈むさまを肴に、だらだらと酒を飲んだ。食事の膳が運ばれた。

「ビールがなくなっちゃったわ。頼んでおきましょうか」

「わたしはもうたくさんです。また飲みたくなったら、冷蔵庫にある日本酒を頂きます」

「そう。それでは食事をお願いします」

米子の仄かに赤い頬は、やっと色づきはじめた果実のような弾力を持っていた。おいしそうに食べる米子の姿からは、出逢ったときの暗さは微塵も感じられなかった。米子は、吸い物のお椀を、両手でかかえたまま軽い溜め息をついた。

「運命という言葉、信じたいな」

つぶやくように言った。

「運命か……」

洋子も同じ言葉を繰り返した。

今自分たちは生涯で最も忘れがたい出逢いをしたのだ。瞬間、心臓が大きく鳴り響くベルのように高鳴っていくのを洋子は感じた。

故郷を持たない米子にせがまれるまま、父の故郷の話をよく聞かせた。

米子が最後の地として選んだのは、幼い頃に聞き親しんだ洋子の父の故郷。

洋子には最後になるであろう、父の墓参り。

ふたりは導かれるように、この山形に足を踏み入れたのだった。

いつしか庭に灯が入り、山々が黒い影となり、深い夜の帳が降りた。仲居が食事の後片付けを済ませ、お茶と水さしを運んでくれた。入れかわるように、旅館名がネーミングされた法被《はっぴ》を着た男が、手慣れた仕種でふとんを敷いてくれた。

昼間の天候とはうらはらに、いつの間に降り出したのであろうか、霧雨が外灯の明かりに映し出され、幽玄な雰囲気がふたりを包んでいた。

だるま船

車体をブルーに染めた京浜東北線は、大宮―桜木町間をさらに大船まで延ばして運行されるようになった。根岸線である。

山手沿いに点在する女子高に通う生徒たちは、交通の利点を得て、遠く県外からの通学生も多い。朝夕は女子高生たちのラッシュタイムである。

茶髪に、化粧やピアスをし、タイは結ばずに垂らしたまま。スカート丈に至っては、可能な限りの短かさで、ルーズソックスとやらに、踵を潰した靴でペタペタと歩く。ホームでは、携帯電話に夢中。現代の女子高生の全体像であるが、この駅を利用する生徒たちの制服姿は、今も昔も変わっていない。

洋子は、この駅を通学で利用することはなかった。家の門を出て、道路を渡ると、学校の正門に至る。洋子が通う学校は、ミッション系で規律も厳しく、学校全体で奉仕活動が盛んに行われた。

奉仕部なるものも存在し、部員数も小・中・高と合わせると百人は優に越えた。週一、二回の割合で行われる活動は、老人ホーム、養護施設、子ども病院など、公共施設の定期的な訪問である。洋子を含む高等部六人のメンバーは、毎週土曜日の午後、水上学園かしの木園を訪問した。外人墓地を左手に見ながら、細い急な坂道を下りはじめると、前方に大きなかしの木が目に飛びこんでくる。坂は行き止まりとなり、かしの木園の園庭につながる。

水上学園では、水上生活者を親に持つ子どもたちが生活していた。水難事故などで両親を失くした孤児も、何人かいた。親たちは、だるま船と呼ばれる船を所有している。荷物の運搬などが主な仕事だが、時期により、漁に出ることもあった。水上で生計を立て、船は仕事場と住まいを兼ねる。子どもたちは、両親と暮らしているが、仕事が入ると一日で終わることはまれで、一、二週間は陸に戻れないことが多い。学童期に入ると船上からの通学は不可能となるので、水上学園に入るのである。ほとんどの子どもが、親のいる船に帰るのは盆と正月の休みくらいのものであった。

高校の帰り、洋子は、元町のチャーミングセールに出かけたが、気に入ったものがなく、何も買わずに商店街を出た。商店街の中ほどから横道に入り、外人墓地を見ながら細い坂道を登りつめるのが、洋子の家への一番の近道なのだが、今日は寄り道をして駅前を通り、広くゆったりとした坂道を登ることにした。

珍しく、だるま船が川面を覆うように、何隻も停泊していた。甲板に何本ものロープが張られ、そこにかけられた洗濯物が、小旗のようにはためいていた。

「お姉ちゃぁんー、よっこ姉ちゃんー。ここ、ここよ、ここだってばぁ！」

声の主を捜しながら、目を向けると、米子が甲板から、大きく両手を振っていた。

手招きする米子のすぐ近くまで行った。

「よっこ姉ちゃん、いま、板、渡すからね」

米子の父が、甲板に置いてあった厚さ、十二、三センチ、幅三十センチくらいの長い板を、船から洋子の足もとまで渡してくれた。

「お姉ちゃん、こっちへ来て。大丈夫だから、早く、早く」

洋子は、一瞬ためらった。が、米子のせっつく心に押され、おそるおそる板の上に片足をのせた。後ろ足を、地面からそうっと浮かせ、板の上に置いた足の前方にのせた。ぐらっと上下に板が揺れ、冷汗が流れた。躰に力が入り、縦に開いた両足を動かすことができなかった。また、米子のせっつく声がする。

「だいじょうぶだよ。恐くないから！　さっと渡ればだいじょうぶ」

きらきらと川面が光る。心の中でこれ以上進めないという声がする。米子の声はまだ続く。覚悟を決め、次の一歩をそっと出す。

急に、板は大きく揺れた。悲鳴にも似た声をあげる洋子の腕を、米子の母が摑み、なんなく甲板まで連れていった。

「ふー、恐かったぁ」

洋子の思いである。そんな心を、知ってか知らずか、米子は愛嬌をふりまき、

「ようこそ、我が家へ」

と、うやうやしく言った。

米子は、思いがけない客を迎え、はしゃいでいる。洋子の手を握り、船の中を案内した。

甲板には、やっとひとりが立っていられるような小さな操縦室があるだけで、甲板に干された洗濯物を除けば、何もなく、広々としていた。

だるま船は、運搬業務の割合が高いので、甲板をできるだけ広く使用できるように配慮されているのだ。船底への出入口は、操縦室とは反対側にあった。約五十センチ四方に切り込まれた扉に、取っ手がついている。米子が、取っ手を摑んで持ちあげると、五十センチ四方の暗闇が見えた。ボタンを押すと、階段ができ、先に米子が降りはじめた。

続いて降りた洋子には、明るさが急激に奪われ、船底はただ真っ暗で、何も見えなかった。しばらくすると暗闇に慣れた目から、船底の様子がわかるようになった。米子が、ランプに灯を入れた。昼間でも、薄暗い船底は、電灯のかわりに石油を燃料としたランプが使われていた。

身を細めるようにして降りた船底は、思っていたほど広くはなかった。二、三畳ほどの茣蓙が敷かれ、寝具は隅にきちんとたたまれている。日用品は、雑多に置かれているようであったが、実際に使いやすいよう上手く配置されていた。

梁にかけられたランプは、船体に合わせて波や風で揺れ、一定しない。光は、あちこちを照らしだしていた。洋子は物めずらしそうにランプの光を追っていた。

突然の米子の呼びかけに、洋子はギクッとした。

「なに？」

「コップふたつ取って」

「どこ、どこにあるの」

「お姉ちゃんのすぐうしろ。本がならんでいるでしょう、そのすぐ下にあるよ」

米子は桶の中の氷をふきんで押さえ、右手に握ったキリで器用に氷をかき割りながら言った。

「あっ、これね。米ちゃんすごいね。どこに何があるかちゃんとわかっているんだ」

「もちろんだよ、この部屋を見ればわかるでしょう。わたし目をつぶっていたって欲しいものはすぐ取れるよ」

と米子は得意そうに言った。が、すぐに、

「でも、これも母さんのおかげ。使ったものはもとの所へ返しておきなさいって。毎日、同じことばっかりうるさいって思ったけど、今はよくわかる。でもね、今度は父さんが言われてるよ」

ふたりは顔を見あわせて笑った。

母の呼ぶ声がした。

「よねこー、あがっておいで」

「なんでー」

米子は上に向かって返事をした。

「いいから、早く。お姉ちゃんも一緒にね」

ふんと鼻を鳴らし、氷を割る手を止め、階段を上った。

「いま、ジュースを作ろうと思って氷を割っていたのに。氷がとけちゃうよ」

母に不満顔で言った。

「ジュースはあとで母さんが作るから、それよりほら、しゃこだよ。こんなにたくさん」

「エッ、しゃこ。お姉ちゃん、しゃこだって」

「しゃこ?」

「見て見て、まだ動いているよ」

洋子は足音を忍ばせて、しゃこの入っているバケツに近づいた。エビに似ていたが青みを帯びた薄茶色で、二対の長い触角はなく、見た目はどちらが頭なのか洋子には判別がつかなかった。

「米ちゃん、これ食べられるの」

「うん、おいしいんだよ。父さんが獲ってきてくれたんだ」

と米子は答えた。

米子の父は小柄だが逞しい体格が海の男を連想させた。まぶしすぎるほどの陽光に彼は眉間に皺を寄せていたが、その顔はやさしかった。

米子は母のゆであげたしゃこの入ったザルの下に、分厚い紙をしいた。父親はザルの横に足を前に組んで座り、しゃこを手に取り殻をむきはじめた。

「堅い殻がなれない者には、やっかいで……」

彼の浅黒い手の指先が殻の上を移動したと思うまもなく、殻はきれいにとりのぞかれていた。

「ほれ、食べろ」

「では、一番に、いただきまあーす」

米子はしゃこを摑むとポイと口の中に入れた。

「お姉ちゃんも、はぁーやーくたべーれば」

口の中に入れられたしゃこが米子の言葉を邪魔した。

「いただきます」

洋子も米子と同じようにしゃこをポイと口の中に入れた。

父親のむくしゃこを物を言うことなくふたりはせっせと食べた。はじめて口にしたしゃこだったが、洋子にとってもおいしい食べ物のひとつになった。

母親がおぼんに粉末のオレンジジュースとコップに入れられた氷、やかんを載せて運んできた。オレンジ色の粉末と水をコップに注ぎ入れ、かきまぜるたびに氷がコップにぶつかり涼しげな音をだした。

陽光で熱く焼けた甲板にふたりはごろりと寝ころび、板の感触を楽しんだ。

甲板の上を吹く風はさまざまな匂いを運んでくる。

近くの総菜屋さんの匂い、潮の匂い、穏やかに暮れようとする日の匂い。

米子は、この船で生まれ育ち、小学一年生の春にかしの木園に入園した。洋子がかしの木園を訪れはじめた時期でもあった。

米子と両親は、洋子を歓迎してくれた。洋子も、時間がたつのも忘れて楽しんだ。夏だったので、外はまだ明るかったが、時刻は午後六時を過ぎていた。両親に礼を言って、洋子は船を降りた。

いつもの道で帰ることにし、商店街の方へ歩いた。元町通りの街灯に明かりが入り、昼間のように明るかった。人の数も、多くなっている。

通りを抜け出た洋子は、時代の流れの中で変わりゆく元町を、この時想像すらしなかったのである。

元町

現在の元町は、洋子が子ども時代に慣れ親しんだ元町とは、別物になってしまっている。元町は、服飾品、靴、バッグに至るまで、独特なスタイルを生み出した。そんな店の数々が、洒落っ気のある街並とうまく共存し、ハマっ子たちを満足させた。かつての個人商店は、今では大きな企業となり、通りには、大手チェーン店や銀行などが進出している。昔の面影は消えてしまった。

洋子にとって元町は、幼な友達の両親の経営している店が多い、よき遊び場といった感じであった。なかでも、大の仲よしだった美樹の家のランプシェードの店が好きだった。

店内に飾られているランプシェードは、形や色使いが洒落た、手作りの一点物ばかりである。夕暮れとともに、ランプスタンドに灯が入れられると、店内は異国情緒が漂う。店内がひときわ華やかになる時間だった。結婚祝いや記念品としての販売が多いが、なかには、好きな空きびんを持参し、オーダーしていく人もあった。

洋子の部屋にも、いくつか置かれていた。洋子は、美樹の両親の店のように、たくさんのランプシェードで部屋を飾りたかった。が、子どもの小遣い程度で購入できるものでもなく、お金を貯めては自分で買ったり、誕生日のプレゼントとして貰ったりした。

そんな思い出深いものばかりである。ピアノのそばに置かれている、自分の背丈ほどもあるランプスタンドのシェードは、高校最後の誕生日に父にねだり、手に入れたもので、一番のお気に入りであった。窓から差し込む月の光が、幾何学模様に削られたガラスのシェードに反射し、暗い部屋に星屑が降り注ぐ。

その店が洋子が大学に通いはじめて間もない頃に閉店してしまうと、洋子の元町通いもだんだんと途絶えていった。

雪景色

長かった夏休みが終わった。

九月に入って初めてのかしの木園の訪問である。自然と心も浮きたっていた。坂の途中までくると、聞きなれた子どもたちのはしゃぐ声が聞こえてくる。洋子たちの姿を見つけると、園庭で遊んでいた子どもたちが走り寄ってきた。

夏休みに、親元に戻った子どもたちは、親の愛をたっぷり充電してきたようだ。どの子も真っ黒に日焼けをし、元気そうである。

「よっこ姉ちゃん！」

遠くから、編んだ髪をひるがえしながら、走り寄ってきた米子は、そのまま洋子にしがみついた。ひとりっ子の米子は、人になつくことが少なかったが、洋子には甘えてくる。洋子は、そんな米子が可愛いかった。

九月の後半から十月にかけて、洋子の学校も二学期の行事が目白押しで、奉仕活動も一時休止であった。二学期最初の中間試験の時間割りが発表されたり、体育祭の選手の選抜、応援練習、学園祭の準備などが立て続けにあった。洋子自身も勉強に専念するどころではなく、学校行事に忙殺される日々が続いていた。が、なぜかわからないが、米子のことがしばしば思い出された。

行事終了とともに、学内は落ちつきを取り戻し、奉仕活動も再開された。一カ月ぶりの部室は静かであった。かしの木園の訪問メンバーだけが、市川会子《あいこ》の呼び出しを受けたのである。洋子を除いた全員が、床に車座に座っていた。

「洋子、遅刻だよ」

と会子が言った。

「ごめん、学園祭の報告書を提出してきたから、遅くなっちゃった。次の時間は、体育なの？　ところで、急な呼び出しは、何？」

会子が、招集した理由を話し出した。

「実はね、今朝、学校に来るとき花壇園の前を通ったら、それはそれは、見事に菊の花が咲いていたの。そこで思いついたんだけど、明日の訪問に、菊の花束なんかどうかなぁと思って。みんなの意見が聞きたくて、招集かけたの」

「いいわ、その案」

「賛成」

全員一致で決まった。

「十五分休みを利用して、切りにいきましょうよ」

「それはいいけど、この間みたいに、内緒は駄目よ。先生にちゃんと承諾をもらわなければ」

と、洋子が言った。

誰が野田教諭から承諾を取り付けるかが問題であった。この場にいる全員が、野田教諭を苦手としていたからである。

野田は、何かとすぐに大声で叱りつける、女子校には珍しいタイプの教諭であった。小柄ながらがっしりとした体格で、白髪混じり、ギョロ目という顔つきは、見ただけでも近より難い。

日本史の教科を担当し、かつ、全教諭の統括責任者で、こと風紀に厳しい。出会うと、何かにつけて小言を並べたてる傾向にあるので、生徒たちはもちろん、教諭たちでさえも、極力避けたい相手であった。が、決して、わからず屋ではなかった。

「ねえ、誰が行くの」

誰も答えない。ひとりが言った。

「くじびきにしようか」

「いやだあー」

「くじは駄目!」

全員、非難の声。沈黙が流れる。授業を知らせるチャイムが鳴った。会子が、すまなげな顔を洋子に向けて、言った。

「洋子にお願いできないかしら。もちろん、わたしも一緒に行くわ」

洋子は、すぐには答えなかった。

「ねえ、洋子、聞こえてる?」

「ええ、よく聞こえてますよ。行ってくればいいんでしょう。ええ、行きますとも、行かせてもらいます、喜んで」

皮肉混じりに言った。

「ありがとう、感謝します!」

部室に、全員の声が響いた。

職員室に隣接して、野田教諭が常時いる部屋がある。中からは、物音は聞こえない。軽く戸をノックすると、

「はい」

と、聞きなれた声がした。

「失礼します」

洋子が先に入っていった。書き物をしていたのだろう、ペンを持ったまま、顔を洋子の方に向けた。ベッタリと整髪料をつけた髪をオールバックにしている。洋子は野田教諭の顔を見ると常に思い浮かべる像がある。日本列島がまだ形成される以前、更新世頃の化石人類。もし、この人類の顔の復元が可能ならより野田教諭に近いのではと……。

顔形ばかりではない。人類の進化論は彼の得意分野らしく授業は相当な意気込みで熱く語る様子も、生徒たちの間で原始人的と囁かれる所以なのかもしれないと洋子は思っていた。

なんということはなかった。野田教諭は、洋子たちの申し入れをあっさりと承諾してくれたばかりでなく、その行為を褒め、喜んでくれた。

十五分休みのチャイムと同時に、洋子たちは、菊の咲く花壇へ急いだ。絵の具を撒き散

らしたように、白、黄、赤、橙と多くの色や形で、花はみごとに咲いていた。甘い香りよりも、清涼感のある匂いがする菊に、洋子は惹かれた。

菊は仏具の花としてよく用いられるので、一種類だけを花束にする約束であったが、どの花にするか、皆迷っていた。結局、花の形で選んだ。スプレー菊。花弁は白く、ストローのような丸みをもち、花先を赤紫に染めている。

根元近くで、花鋏を入れた。部室に戻り、摘んだ菊をバケツに入れ、授業に戻った。放課後、部室では、花束作りが始まっていた。菊の茎元を整え、水で濡らしたティッシュを巻きつけ、模造紙で丁寧に包み、紫と赤色の二本のリボンで結んだ。

「わぁ、思っていたより豪華にできたね」

「ほんとだ、子どもたち、きっと喜ぶよ」

「今年のかしの木園の花壇はさみしいって、この前、子どもたちが言ってたでしょう」

「そうね、喜んでくれるわ。この花束を見たら、きっと」

「明日はいつもより、少し早目にでかけましょうよ」

「賛成」

「では、一時に。遅刻をしないように」

会子が言った。

翌日、洋子たちは、作っておいた花束と、食堂のテーブルの上に飾れるようにと、寄せ植えの鉢を持って行った。華道部の友だちが、黄色の小菊とコクリュウの寄せ植えを作ってくれたのである。それを小さな籠に入れると、ぐっと洒落て見えた。

午後一時に校門を出た。夏を思い起こすような、抜けるような青空が続く。久しぶりという気持ちもあり、洋子たちの足どりもなぜか速かった。

かしの木園は、子どもたちの声で明け、子どもたちの声で暮れる。ところがこの日は、洋子たちを見つけ、飛びついてくる子どもたちの姿はなかった。今日の園は、ひっそりとしている。

――いつもと違う。何かあったのか。

と、洋子は思った。食堂へ廻ってみた。

うなだれるように座っている米子を取り囲むように、子どもたちが床にへばり着いていた。

「米ちゃん！」

洋子の呼ぶ声に、はじかれるように、米子が顔をあげた。いつもの微笑はない。

口を開いたのは、米子のすぐ前にいた子どもだった。

「米ちゃんね、お父さんとお母さんのことで、ずっと元気がないの」

「米ちゃんのお父さん、お母さんがどうかしたの」

洋子が聞き返すと、いつの間にか、子どもたちの間から先生が姿を現わして、米子の両親が亡くなったことを告げた。驚きで洋子は言葉を失った。

先月、日本に何号目かの台風が上陸し、関東地方を直撃した。洋子たちの学校も休校となり、一日部屋に閉じこもっていた。降りしきる雨は、窓ガラスを激しく打ち、強い風できしむ木々に、洋子の神経は苛立った。眠れず、何度も何度も寝返りをうった。

嵐の日、米子の両親は、港の沖合で難に遭い、帰らぬ人となったという。両親の死を受け止めるには、まだ米子は幼なすぎる。米子の細い小さな躰から、呼吸よりも早い心臓の鼓動が聞こえ、心は、どこか遠くに遊んでいるように見えた。

米子の両親の死は、洋子に、未踏の地に足を踏み入れたような不安を与えた。どうしていいのか、わからない日々を過ごした。実際、躰にも異変が生じた。突然、四十度近い高熱に襲われ、ベッドで過ごす日々が続く。米子のことを考えると、苛立ちが抑えきれないほどに高まっていった。苛立たしさに拍車をかけるように、熱は一向に下がる気配がなかった。

洋子の躰が回復したのは、街が大売出しで賑わう、師走のはじめだった。学内も、学期末試験や、クリスマス礼拝、教科補習と続き、忙しかった。

冬休みに入った。洋子はかしの木園に何度か足を向けたが、結局、米子に逢う勇気がなく、帰ってきてしまった。

かしの木園を訪問したのは、年が明けた一月の最後の土曜日であった。その日は、朝からどんよりとした雪雲が空を覆い、気温もぐんぐん下がっている。夜半過ぎには大雪になるという情報に、いったん中止を考えたが、みな、米子のことが気になっていたので、出かけることにした。

校門を出た午後には、冷たい風に混じり、すでに雪がちらちらと舞っていた。かしの木園に着く頃には、木々や路肩が、うっすらと雪化粧をしていた。

部屋に置かれたストーブが赤々と燃え、外からきた洋子たちの手や足を、じんじんさせた。園庭にも灯が入った。明かりの中で舞い降りる雪は、いよいよ強まり、窓ガラスにまだらに張り付いた雪を、子どもたちは、手でかきあつめている。

その中に、米子の姿はなかった。

「高野さん！」

後ろで、先生の声がした。

「園長がお話したいそうです。園長室で待っています」

はじめて入る園長室。これから何を話されるのか、洋子の心は堅かった。園長室には、歴代の園長の写真が飾られている。洋子は、すすめられるままに、革張りのソファーに腰を下ろした。園長が、おもむろに話をはじめた。

「米ちゃん、里親に引き取られたの。里親になられた方は、立花さんとおっしゃるの。ご夫婦ともやさしく、感じの良い方でしたわ。米ちゃんにもよいことだと思って、お話を進めたんです。立花さんの方へ行くのは春休みになってからと思っていたのですが、お正月を一緒に迎えたいとおっしゃって、冬休みに入るとすぐに連れていかれたのよ」

園長の言葉を聞いていたとき、洋子に、米子の声が聞こえた。

——ずっと、お姉ちゃんを待っていたのよ。何で、来てくれなかったの？

涙が出てきた。この涙が何の意味を持つのか、洋子自身にもわからなかった。ただ、流れ出る涙をぬぐおうとはしなかった。

「立花さんを待っている間、米ちゃん、ずっとあなたのことを、本当に楽しそうに話していましたよ」

躰の中の血が、全身を駆けめぐった。

「そうですか」

精一杯の返事だった。礼を述べ、園長室を出ると、会子が廊下に立っていた。

「なんだったの、園長先生の話」

会子が、心配そうに寄ってきた。洋子は、米子が里親に引き取られたことを話した。

「そうだったの」

会子は、大きくうなずきながら、言った。

「これでよかったのかもしれないね。いや、米ちゃんにとっては、よかったんだわ。幸せになれるよ、きっと。なれるよ」

自分自身を納得させようとするような話し方だと洋子には思えた。米子にとっては、かしの木園で暮らすことよりも、新しい家族との生活のほうが、はるかに幸せなのだ、洋子もそう思うようにした。

園長から渡された封筒の中に、一枚の写真が入っていた。紺地に白い小さな水玉模様のワンピースを着た米子が、笑っていた。

「とても、やさしく、感じの良いご夫婦でしたよ」

園長の言った言葉に、実感がこめられていた。その言葉だけが頭に残った。

かしの木園を出たのは、いつもの時間よりもずっと遅くなってからだった。雪は少し小降りになっていたが、景色のすべてが、真綿をかぶったようにすっぽりと雪に覆われていた。冷えきった外気の中で、洋子たちから吐き出される白い息が、立ちあがっては消えた。風に吹き飛ぶ雪が、洋子のしおれた心に、冷たくしみた。

第七章　少女

ポインセチア

山々の向こうが沈みゆく夕日に照らされ、空も雲までも赤く染まり出していた。

両手を口もとに当て、できる限りの声で叫んだ。

「お兄ちゃぁーん！」

「おーい、米子ぉー」

夕日を背に自転車を走らせる正樹の顔は見えないが、米子には、すぐに兄だとわかる。

「今日も、迎えにきてくれたんだね」

米子は、こくんと頷いた。

「今日の土産は、野いちごだぞ」

小さな橙色の実が、何枚ものいちごの葉で包まれていた。

「わあ、可愛い。野いちごって、こんな色をしていたんだね。ありがとう、お兄ちゃん。

早く家に帰って、一緒に食べよ」

「わかったよ、後ろに乗りな。兄ちゃんにしっかりつかまれよ。兄ちゃんの自転車は超特急だからな」

「うん、出発！」

米子を後ろに乗せ、正樹は暗くなりはじめた道を、急いで家に向かって走らせた。点在する家々の明かりは、水辺で青白い光を放つ蛍に、どこか似ている。


街は、クリスマス色に染まり、ツリーにサンタが踊り、ジングルベルが絶えず流れ、華やいでいた。

その日は、朝から冷たい木枯らしが吹き荒れていた。里親に連れられて、米子は、住みなれたかしの木園を離れた。友達のさよならの声と、いつまでも手を振り続ける姿が、米子の脳裏から消えることがなかった。

リボンで飾られたフェルト帽の下の、米子の黒い目に、光が宿っている。米子は、自分が育った背景を、肌で知っていた。小林親子の暮らし振りは決して楽ではなかったが、両親からの無類の愛情はそれを補ってあまりあるものだった。

わたしは本当に父さんが好き。

父さんは父さんのやり方でわたしを心から可愛がってくれた。

そして米子がどこよりも愛した場所、父さんの胡坐《あぐら》のなか。

酒好きの父はいつも晩飯のとき習慣的に酒を飲む。卓袱台《ちゃぶだい》の前にどかっと胡坐をかき、おいしそうに酒を飲む。するめをちぎり、一つを自分の口に入れ、もう一つを米子に渡す。父さんにすっぽりと包まれ、酒気の入り混ざる息になぜか安堵感を覚え、いつの間にか眠りにつく。

だるま船で三人が暮らしていたときが、いちばん楽しかった。両親が自分を残してあの世に旅立ってしまったことが、米子はいまだに許せなかった。

あれ以来、父の胡坐の中で眠ることもなくなった。

もうひとつ、自分に食事を与え、衣服を与え、恥ずかしくない行動の規範を植えつけてくれたのは、このかしの木園だということも米子は強く感じていた。

そのかしの木園を離れ、横に座る見知らぬ他人が、これからの自分の育成に携わるという不安と、走る車窓から見える枯れ枝の木々と田園風景が重なりあう。米子は闇の先途に、躰を堅くした。

現在では、東京から東北新幹線に乗り継げば、一時間足らずで目的の駅に着くが、立花夫妻と米子が、目的の駅に着いたときには日もとっぷりと暮れていた。

構内は閑散としている。売店の販売員も、手持ち無沙汰な顔を改札の方へ向けていた。

駅前に出た。キーンと張りつめた空気をつらぬくように、冷たい風が胸を深くえぐる。痛みと寒さを感じ、米子は、思わず衿もとをかき合わせ、ぶるっと身震いをした。華やかなネオンサインに彩られ、人が犇《ひし》めく駅前の姿は、ここにはなかった。蛍光灯の放つ光線が、冷えた街を浮き彫りにした。

駅前のロータリーに、二、三台、客待ちのタクシーが並んでいた。三人は、タクシーに乗った。

車内の暖かな空気に混じり、煙草の臭いがした。駅から少し離れると、闇が広がり、駅周辺の灯が後方に飛んだ。闇路を行きかう車のヘッドライトが交錯する。明かりが一瞬拡大し、すぐに小さな明るさになる。黒影の山脈の上空に星が輝き、なかのひとつが、ひときわ明るく輝いていた。

感覚を保つように立てられた街灯の明かりが街路樹の葉を透かし、行儀よく建ち並ぶ家々が見えはじめた。六メートルの広い道路をはさんで、両側に三軒、六軒、六軒、三軒と並んでいる。車は、最後の三軒が建ち並ぶ道を右折し、停止した。

都会でのマイホームを諦めた人たちが次々と移住してくるこの地は、田園に浮かぶ新興住宅地である。田畑や山林は、宅地に代替された。立花真一の家族もこの地にマイホームを求めて移り住み、はや十年の歳月が流れていた。

外灯の明かりごしに、立花の表札が見えた。狭い庭に芝が植えられていた。玄関の扉を開けると、ホールに飾られたポインセチアの鮮やかな赤が映えていた。

「わあ、きれい」

米子がつぶやいた。貝のように、堅く口を閉じていた米子の、はじめての言葉であった。

「米ちゃん、こっちへきてごらんなさい」

信子が、米子を手招きした。

「これ、ポインセチアというのよ。赤いのは花ではないの。花はね、中心に小さくついている、これ。これが、花なの」

「エッ、この赤い色をしたのが、花ではないの?」

「そうなの、あまり目立たないから、花だとわからないの。ちょっとかわいそうね」

「じゃあ、これは、葉っぱなの?」

「この赤いのは苞《ほう》よ」

「苞?」

「この花芽が付きはじめると、まわりの苞が赤く色づきだすの」

「あっ、階段のところにも、ポイン？」

信子の顔を見た。信子は、

「セチア、ポインセチア」

と言った。

「ポインセチアかぁ」

「さあ、米ちゃん、あがって。たくさんあるのよ」

「はい」

ポインセチアとペペロミアの寄せ植えの小鉢が、階段に置かれ、二階まで続いていた。米子の心が少しでも安らげるようにと置かれた鉢は、信子の配慮であった。

二階の南側の部屋のドアに、犬をかたどった小板に彫刻刀で〝米ちゃんの部屋〟と彫られたものがかけられていた。決して上等なものとはいえなかったが、妙に味わいがあり作り手の心が伝わってくるようであった。

「今日から米ちゃんのお部屋はここよ、さあ入って！」

開かれたドアの向こうの雰囲気は明るさとやさしさに溢れていた。窓には子どもが好むような色柄のカーテンがかけられ、窓にそってベッドが置かれていた。

父の真一がいらなくなった本箱や木片を利用して作ったものであった。仕上げに塗られたニスの匂いがそばに近寄るとほどよい刺激となり、鼻をついた。

手先の器用な彼は、縁台、本棚、キッチン・テーブルとさまざまな家具を作り、完成をみるごとに腕前をあげた。

このベッドも、里親になると決めたときから、悪戦苦闘の作業が続きやっと間に合ったのである。

「あっ、これ！」

米子が驚きの声をあげた。

円錐形のフレームにセイヨウヒイラギを巻き、大事にためておいたリボンを蝶々結びにし、真ん中にかわいい小鈴を止め、セイヨウヒイラギの上にバランスよくおき、ツリー風に仕立てたのである。

信子自身はクリスチャンではなかったが、クリスマスの日は好きだった。実家の隣に町の小さな教会があった。幼い頃から近所の子どもたちと日曜礼拝に出かけた。主の祈り、聖書、讃美歌、牧師の説教を聴き、少ない小遣いの中から献金もした。

だが一番の楽しみはキリストの降誕を祝う日、クリスマスである。教会学校の子どもたちが聖書の中の一節を劇にしたり、復活祭の祝歌を歌い、ろうそくの炎が子どもたちの手から手へ。帰宅する子どもたちの手にはたくさんのお菓子が――。

礼拝堂は威厳があって感動的で子どもたちを別世界に誘うのである。信子は少しでも米子にもそんな思いを伝えたかった。

米子は、ベッドの上にそっと腰を下ろし、クリスマスツリーをじっと見つめた。

立花家に、あたたかく迎えられた自分がここにいる。

だるま船や、かしの木園の生活からは考えられないほどの生活様式の違いに米子は戸惑いを隠せなかった。階下から、父となる真一の呼ぶ声がした。部屋の前に立つ米子に、真一は手招きをした。

男の子と子犬が、ソファーに座っている。米子もそばの椅子に腰かけた。応接スペースの真上の明るいライトが点灯し、熱い光線が米子の頭を照らす。頭皮に、熱いものを感じた。

立花の家は、父の真一、母の信子、それにひとり息子の正樹、子犬の拳の三人と一匹暮らしだった。父の真一が、口を開いた。

「米ちゃん、長旅だったので疲れただろう？　今日は、ゆっくりと休みなさい。それと、これから一緒に暮らしていく家族を紹介しておこうね。わたしは立花真一。母さんの信子、それと息子の正樹。正樹は米ちゃんより、三歳年上だよ」

「よろしく、仲よくしようね」

浅黒い顔面に微笑をたたえながら、正樹が言った。米子は、黙ったまま頭をこくんと下げた。

「この犬は、ヨークシャーテリアの拳だ。拳はもう十年以上も我が家で暮らしているので、わたしよりずっとおじいちゃんかもしれないな」

正樹の横にいた拳が急にソファーから離れ、鼻をクンクン鳴らしながら、米子の周りを何度も回った。それから、前足を米子のひざにのせ、

「ワン」

と、一声吠えた。正樹が、

「拳もしっかり挨拶しているんだ。かしこいだろう？」

と、言った。

米子は、拳のそんな仕種が可愛いと思った。黙って拳の頭を何度も何度もなでてやった。

「米ちゃんはこの家で暮らすことになったけど、わたしたちに無理に合わせようとしなくてもいいいんだよ。米ちゃんペースで暮らしていけばいいんだ。居心地がよいか悪いかは、自分の考え方ひとつで変わってしまうものだからね。決して、無理しては駄目だよ。それと、どんな些細なことだっていいんだ、話をしてほしい。話をすることは、とても大切なことなんだ。話すことでお互いが通じ合えたりもする。わたしが言いたいこと、わかってくれたかな?」

真一がやさしく米子に言った。

「はい」

自分で思っていたよりも、はっきりと力強い声が出た。

信子が、熱い紅茶を運んできた。カップに、あたためられたミルクを注ぐと、ミルクは琥珀色の液体に沈み、やがてキャラメル色に変わった。口をつけて飲んだ味は、米子の記憶にない、新しいものだった。両手に伝わる温かみとともに、米子は安らぎを感じた。

米子の頭に、かしの木園の子どもたちの顔が浮かんだ。自分と同じように、両親を失った子どもたちが、かしの木園には何人かいたが、天涯孤独なのだと身をもって感じることなく、自分にはすぐに里親が決まった。そして、新しい家族の中に、今こうしている。彼女は、本来の自分から、遠く遠く、離れていたのである。

いや、自分はきっと、幸運に恵まれたのだろう。だが米子はこの時から、誰に要請されるわけでもなく、自分という人間の役を無意識に演じはじめていた。

雷鳴

米子の日常は、毎日が新鮮で楽しいものだった。

学校や、家での生活にもすぐに慣れた。父や母は、米子にとてもやさしく、あたたかかった。が、米子はといえば、兄の正樹が一番気に入っていた。正樹とは、すぐに打ち解けた。彼と一緒にいると、自分も彼の友達のひとりになったような気がして嬉しかった。彼は何事にも超然としていた。彼が時折開陳する意見は、鋭く洞察力に富み、大人たちを驚かせたりする。

米子は、正樹と一緒にいる時間が最も多かった。熱心に会話を交わすわけではない。リビングで、テレビをよく一緒に見た。アニメ、歌番組、バラエティー……。野球中継のときなどは、解説者顔負けの薀蓄《うんちく》さえ飛びだすのである。スポーツ音痴だった米子も、日増しに野球の楽しさがわかるようになっていった。アニメや映画も、アクションものばかりを好んで見た。

野球部に所属する正樹は、将来を有望視され、毎日が練習で遅かったが、米子は、そんな正樹を必ず迎えに行った。米子が迎えにきてくれる気持ちに、正樹も応えた。練習内容や仲間の話をしたり、時には土産だと言って、あけび、桑の実、ぐみ、野いちご、橙色に色づいたからすうりの実や、道の辺に咲く野花を持ち帰り、米子を喜ばせた。

休日には、家族揃って、ピクニックやドライブに出かけ、スナップ写真を撮った。

米子のアルバムも、時を埋めるのを急くかのように増えていった。が、立花の家へ来る前の米子を語る写真はどこを探してもない。たった一枚だけあった写真も、「ありがとう、さようなら」の言葉を添えて、洋子に贈ってしまった。


五年後。その日は、金曜日だった。

朝から、六月特有の湿気を含んだ鉛色の雲が空全体に拡がっている。むっとした熱気が躰にまといつく蒸し暑い日である。この日の不快指数は、八十を優に越えていた。

学校から戻った米子は、兄を迎えに出るまでの時間、自分の部屋で宿題を片付けた。壁に掛けられた時計が六時を告げるのを聞くと、米子はキッチンへ降りて行った。

たまねぎの甘さをともなった刺激的な香りが、キッチンいっぱいに拡がっていた。米子は、鼻腔を広げクンクンと嗅いだ。

「わぁ、いい匂い。お母さん、今夜はなぁーに？」

「ふたりの大好きなものよ」

「お兄ちゃんもきっと喜ぶだろうなあ。お腹空かして帰ってくるでしょう。きっと、三回はおかわりすると思う」

「大丈夫！　たくさん作っていますからね」

「あッ、お母さん。わたし、お兄ちゃんを迎えに行って来ます」

「雨が降ってきそうだし、さっきから雷も鳴りだしているわ。今日は、家で待っていた方がいいわよ」

ガスの炎を調節する手を、休めることなく、信子が言った。

「平気、平気！　ちゃんと傘持っていくから。行ってきます！」

玄関を飛びだしていく米子には、信子の言葉は、もう聞こえなかった。外に出ると、ねっとりとした外気が纏わりつく。走る米子の頬に、髪が汗でへばりついてくる。

天候のためか、いつもの時間より外は暗く、馴染んだ道も少し恐かった。灰色の雲に分け入るように、雷雲がもくもくと拡がっていく。ピカッと光った瞬間、ドドッーとものすごい音がした。米子は足を止め、思わず両手で耳を塞ぎ、その場にしゃがみこんだ。

雷が鳴るたびに、そんな動作を繰り返し、時間ばかりが経っていった。とうとう、雷鳴に伴って激しい雨が降り出し、雨が傘を通して米子を濡らす。後にも先にも動けず、木立に躰を寄せ、じっとたたずんでいた。

——やっぱり、お母さんが言ったように、家で待っていた方がよかったかなぁ。

長い時間がたったような気がした。雨はいつしか止んでいた。

米子の立つ附近は、川のように雨水が流れ、あたりはすっかり暗くなっていた。何ごとにも無頓着である米子も、いまだに姿を見せない正樹や、雷鳴と激しい雨で頭の中がパニック状態である。心細さに泣きだしたい気持ちをじっと我慢した。

「米ちゃーん、どこ、どこにいるの？　米ちゃん、返事をしてちょうだい」

遠くで信子の声がした。

「お母さーん、ここよ！　ここにいるわ、おかあさーん！」

米子は、できる限りの声を出した。やがて、信子が運転する車が近づいてきた。

「米ちゃん！　あまり帰りが遅いので心配したわ。お兄ちゃんはまだなの？」

信子の腕の中で、声をあげて泣きだす米子に、信子はやさしく頭を撫でながら言った。

「こんなに濡れてしまって、風邪でもひいたら大変だわ。さぁ、帰りましょう」

「でも、お兄ちゃんが……」

「とにかく、一度、家に戻りましょう。もしかしたら、先に家に帰っているかもしれないでしょう」

走る車の窓から明かりのこぼれる家々に混じって見えたのは、暗い我が家であった。車から降り、門灯の明かりが薄ぼんやりと照らしだす玄関の重いドアを開けた。目の前に暗闇が拡がる。

「お兄ちゃん！」

暗闇に向けて、米子は大きな声を出して、正樹を呼んでみた。が、米子の声だけがむなしく響く。

「まだ、帰っていないんだぁ、お兄ちゃんは――」

信子は、家に入らず玄関口で言った。

「そうね。まだ帰ってきていないみたいね。お母さん、もう一度探しに行ってくるから、米ちゃんは着がえをして、家で待っていてね。お父さんか、お兄ちゃんから電話があるかもしれないから。お願いね」

米子は、なんだか、ひとりになるのが恐かった。しぶしぶ承知した米子を残し、再び信子はもと来た道に車を走らせていった。

米子は、重い足を引きずるように自分の部屋に行き、濡れた服を着替え、汗と泥にまみれた顔と手を洗った。リビングに行くと、出かける前に嗅いだ、あのたまねぎの甘い香りが、微かに漂っていた。

米子は、電話台の横に腰を下ろし、両膝を抱え、うなだれていた。胸の奥底から、熱いものがこみあげてくるのを感じた。アルバムが納められた棚に目をやると文字が滲んで見えた。米子の部屋から聴こえる、何度目かの時を告げる音が、静寂に吸い込まれる。米子に、いいしれぬ不安が襲いかかった。

仄暗い中で、米子は目覚めた。誰もいないことを直感的に覚って、わずかに身じろぎをした。痛みと混じり合ったようなだるさが、全身に染み透っているのを感じ、意識が遠のいていく。

カーテンの隙間から、差しこむ朝の光で、再び目が覚めた。

静寂だけが漂う部屋には、人の気配はまったくなく、昨夜から時間が止まっているようであった。

この日を境に、米子は、正樹の姿を見ることは二度となかった。


正樹の死から数日間、葬儀や弔慰の人々の対応に忙しく、家族は事故の追及や痛苦の感覚を失っていた。

四十九日、百箇日と、日々が過ぎていくのと同時進行するかのように、悲しみやさみしさは、より深く増していく。痛哭の日々が続いた。

真一、信子、米子の、それぞれが持つ正樹への思慕の心には、ぽっかりと大きな穴があいた。その穴底から、悲しみ、怒りの残滓が溶けあい、意識に弾け飛ぶ。家族で過ごす時間が急減した。

正樹の惨劇の跡には手を触れず、時が過ぎ、薄らぐ日まで待とう。

これが、父の出した決断であった。だから米子は、正樹の死の真実を推しはかることさえ、できなかった。あの日の一連の出来事を、思い起こそうともしたのだが――。

数カ月過ぎたある日、米子は真一に呼ばれた。

「米ちゃんも、母さんも、もちろんわたしもだが、正樹への想いは同じなのだよ。仕方がないことかもしれないが、悲しみやつらさのあまり、今、家族はばらばらになってしまっている。このままではいけないと思い、正樹の死を、米ちゃんにもきちんと話すことにした。その上で、また家族一緒に、頑張っていこうと思う。

米ちゃんが雷雨の激しい中、正樹を迎えにいったあの日――。

正樹は、米ちゃんのために、崖に咲く花を取ろうとして足を滑らし、転落死したことになっていたが、事実は違うのだよ。

正樹に、野球部の横井と仲間の三人が、殴る蹴るの乱暴をし、崖っぷちまで追い詰めた。雨で、正樹は足を滑らしたが、やっとの思いで崖の縁に摑まった。彼らに助けを求めたが、横井たちは、正樹のその手を交互に踏みつけたらしい。正樹は力尽きて、崖下に落ちていった……。彼らは、正樹を見殺しにしたんだ。はじめは、事故死を主張していた横井たちも、激しい追及の結果、暴力は認めた。が、殺意などは微塵もなかったと、繰り返すばかりだったそうだ。

横井は、今度の試合にエースとしてフル出場したかった。最有力候補の正樹が邪魔だった。今年度のスポーツ優秀者は、名門K高への推薦入学も決まる。正樹が怪我でもしてくれて、出場できなければいいと思い、犯行に及んだと供述したそうだ。家裁の審判では、主犯格の横井の供述が認められ、少年院送致の保護処分となった。たった五カ月で、彼はもとの生活を取り戻す。今の少年法は、犯罪行為の加害者を守り、被害者やその家族たちの生活や心を、ズタズタにするような法律なんだ。

横井の身勝手な理由から、正樹は死んだ。あの時、彼らが手を差し伸べてくれさえしたら……。

せめて、正樹の墓に謝罪してくれたならば、わたしたちも、どんなにか救われただろう。これでは、正樹がかわいそうだ」

父は顔を歪ませ、語気を荒げた。

少年が、故意の犯罪行為、殺人、傷害致死や強盗致死で、被害者を死亡させても、現実には、家裁の審判で少年院送致などの保護処分にとどまり、刑事裁判を受けさせることはない。これでは、被害者のみならず、家族や関係者には、あらゆる苦難が襲いかかり、安息さえも喪失することになる。

父の口から、身を切られるほどつらい真実が語られた。

米子は、その場を離れ、外に飛びだしていった。走った。闇雲に走った。

気がつくと、正樹の眠る墓の前に立っていた。

——米ちゃーん……。

一瞬、風に混じり、正樹の呼ぶ声が聞こえた気がした。

——お兄ちゃん、ごめんなさい。何も知らなくて、ごめんね。

碑銘が刻まれたばかりで、表面がざらついている墓石にそっと手を置いてみる。不意に、やさしかった正樹と過ごした、あの感覚がはっきりと甦ってきた。大粒の涙がいくつも、いくつも落ちてきて、手を濡らす。

最後に彼の棺に別れを告げたときは、事の真意が解らず、ただ、悲しみが先行するだけだった。己の欲望のために、彼女からやさしい兄の命を奪った横井利一が、絶対に許せなかった。

米子はこの時はじめて、復讐という文字を胸に深く刻んだ。


立花の家は、それでも少しずつ、もとの明るさを取り戻しはじめた。

しかし、再び不幸が襲った。正樹の死から半年が過ぎようとしていたころ、父真一が、飲酒運転の犠牲となり、死亡した。

目が醒め、悲しみは薄らいでいく。一日、一日と薄らいでいく。が、信子にも米子にも、新しい日というものは、悲しみが待ちうける夜明けにほかならなかった。

夫真一もこの世を去り、信子は、湧きあがる不安の狭間で揺れ、たびたび半狂乱になった。それを抑えるために、毎日何種類もの薬を飲む。錠剤を掌にのせ、一種類ずつ順番に、顔を上に向けて飲んだ。それから、じっとソファーに腰をかけている。そんな時間がだんだんと長く続いた。

米子の記憶にあるどの場面の信子よりも、ずっと老けて見えた。

手紙

ある日、米子が学校から戻ると、庭の雑草が除かれ、芝もきれいに刈られていた。父と兄がいなくなってからは、自分で玄関の鍵を開けて入るのが常だった。ドアは開け放たれていた。

——あれ？　お母さん、今日は元気なんだ。

靴をぬぐのももどかしく、信子のいるリビングに飛び込んだ。

にいた。

米子は、ソファーの置いてある方に視線をさまよわせた。深々と横たわる信子が、そこにいた。

「お母さん！　ただいま」

――眠っているのかな？

もう一度、言ってみた。

「お母さん、ただいま」

躰を揺すったが、信子の目は閉じたまま開こうとはしなかった。大声で、信子を呼び、何度も何度も、強く躰を揺さぶったが、信子からの応答はない。

米子は電話を取ると、電話口で早口にしゃべりまくった。

ほどなく救急車のサイレンが聞こえ、やむと同時に、担架を抱えた救急隊員が米子のいるリビングに入ってきた。信子に応急手当をすることなく、米子に顔を向け、頭を横に振った。

「いやー」

耳を両手で覆い、米子は絶叫した。信子の死を認めたくなかった。冷静さを保とうとすればするほど、湧きあがる涙で、見るものすべてが滲んだ。

コロンの香りに引き寄せられるように、信子の顔に自分の顔を近づけた。閉じた唇が、ほんのり色づき、躰もまだあたたかかった。

警察官の長い質問から、やっと解放されると、ほんとうの孤独を感じた。

キッチンに入って行くと、炊飯器から出る湯気に混ざり、ご飯の炊ける匂いがした。ガス台にかけられた鍋には、ハッシュドビーフが作られてあった。

母の最後の手料理を、涙とともに食べると、米子は二階の部屋にあがっていった。

机の上に、白い封筒が置かれている。

——わが愛する米ちゃんへ
今日は、朝から、躰の調子がとてもいいの
庭の手入れや、料理もしたのよ
米ちゃんの好きな、ハッシュドビーフ
今夜は久しぶりに、一緒に食事をしましょうね
母さんも、だんだん躰が弱ってきて
もう、そう長くは生きられないような気がします

あなたに伝えたいこと、母さんの躾の調子の良い今日、
ここに手紙で書き残すことにしました
四人での生活は、とても楽しかった
いろいろな楽しかった出来事が、昨日のことのように思い出されます
あなたは、父さんやわたしよりも、正樹を慕っていましたね
正樹とあなたは、慈愛の絆で、結ばれていたような気がします
素直で、やさしい気持ちを持ったあなた
正樹や父さんのことで、あなたの小さな心は、どんなに傷ついたことでしょう
そんなあなたを守らなければならない母さんが、悲しみから逃げるために、
薬にすがった弱さを、許してください
もし、将来を見通せることができたなら、立花の家に迎え入れることもなく、
あなたの心を傷つけることもなかったでしょう
勝手な思い込みかもしれませんが、
あなたが、わたしたちと過ごした日々が、
少しでも幸せだと感じてくれていたと思いたい

母さんに何かあったときは、一度、かしの木園に戻り、
園長先生と今後のことを決めてください
園長先生には、手紙でよくあなたのことを頼んでおきました
あなたの幼い心にいくつもの傷を残し、そのたびに流した涙は、
もう涸れてしまったことでしょう
だから、涙で目がめしいることはありません
あなたには、まだ未来があります
それに、自分というものをしっかりともっている子どもです
今度こそ、本当の幸せを自分の手でつかんで下さい
あなたが成長するまで、自分の手元に置きたかった
それがかなわなくなった今、父さんも、母さんも、正樹も、
あなたが幸せをつかむまで、見守り続けていることを忘れないで
米ちゃん、愛をありがとう
最後に、立花の財産、すべてあなたにたくします

母　信子より

読み終わった米子に、自分の鼓動の響きが伝わってきた。

米子は、立花と書かれた表札を、見慣れた玄関のドアの鍵と一緒に鞄に入れ、惜別の情を閉じ込めた。

もう、涙は出なかった。

米子の歩いた道筋は決して平坦ではなかったが、米子の精神をより強いものにしていった。

声

かしの木園は、米子が思っていたほど変わっていなかった。

むしろ、昔のままのものの方が多い。先生、友達、園庭の木々を渡る風の匂い、ブランコ、砂場……。懐かしく、嬉しかった。

先生や友達のあたたかな気持ちに支えられ、再び園での生活が始まった。高校卒業を待って、保母の資格を取得するため、寮設備の整った短大に入学した。

横井利一への復讐は、決して、米子の頭から消えることはなかった。憤怒が消えそうになると、家族で過ごした思い出のアルバムを見る。そうすることにより、復讐という大義に情熱を燃やし続けることができた。

卒業後、横井が住む家の近くに、安アパートを借りた。横井の情報は、こまめに収集していた。年を重ね、変わりゆく横井の姿をとらえたスナップ写真が、部屋中に溢れている。黄色く変色しはじめたものさえあった。

横井は妻と別居し、ひとり息子を育てながら、スーパーマーケットの店長職についている。米子も、横井の息子が通う栗の実保育園に就職した。計画は順調に進んでいた。運よく、息子の健一の担任となった。記憶の中の母の愛が薄れゆく健一は、米子を慕い、よくなついていった。

ある日曜日。

横井の働くスーパーは、特に休日が忙しい。その日も横井は仕事に出かけた。

米子は、計画を実行した。ひとりで留守番をしていた健一を連れ出した。

遊園地や動物園での健一の笑顔。正樹とともに無邪気に遊ぶ幼い頃の自分の姿が、脳裏にくっきりと浮かんでくる。消し払うそばから、また浮かぶ……。遊びまわってくたびれ、寝息を立てて眠る健一を見ていると、堅い殺意も崩れていった。

何日も父から離れているにもかかわらず、父を恋しがる言葉はなかった。信頼の心ですがる健一を、米子はつき放すことができなかった。

――今頃、横井はどんな気持ちでいるだろうか。突然いなくなった息子のことで、仕事どころではないだろう。警察に連絡をしただろうか……。

いろんな思いが、頭の中を駆けめぐった。

何度か健一の首に手をかけたが、殺すことはできない。甘えてくる健一の姿が邪魔をした。

――もういいよ。恨みは充分晴れたよ。

そう、正樹が言ったような気がした。最愛の息子のいない日々が、横井にとって何を意味するのか、米子にもわかっていた。健一を、横井のもとに帰すことにした。

果たせなかったのは、自分の弱さゆえか。米子は、立花の父、母、正樹への追想の思いにかられ、列車の走る線路へと向かった。

米子の長い話は終わった。

彼女の口から出る言葉のひとつひとつが、遠い過去から聞こえる悲鳴となり、痛みの矢となり、洋子の心をつらぬいた。米子もまた、人生の如何ともしがたい運命に翻弄されたひとりなのだ。

夜が明けた。明るい陽光が部屋の中を駆け抜けた。米子は、子どもの頃姉と慕った洋子に逢えたことを嬉しく思う一方で、立花家の敵に制裁を加え、己の持つ苦痛をやわらげるべく熟慮を重ね練りあげた計画の遂行の瞬時、自分の持つ弱志に阻止され、今度は自ら下した罰の執行さえも阻止されたことを残念にも感じた。

残念であるが、嬉しかった。彼女が、助けの手を差し伸べてくれたこと、それによって、自分の気持ちを癒す方途が見つかったのは嬉しい。

洋子と過ごした二日間。心ゆくまで温泉につかり、早朝のひとときは、近くを流れる川で過ごした。日当たりのよい木の根元に腰を下ろし、木々の香りを胸深く吸い込み、すべてを洗い清めた。米子は、過去の記憶の転換を終えた。

ふたりは、加須《かぞ》市の横井の家の前に立った。

呼鈴を押す米子の手が、かすかに震えた。米子は、思い切るように、ボタンを押し込んだ。

声とともに、横井の姿が現われた。米子の姿を見ると、裸足のまま飛びだしてきて、米子の前に仁王立ちになった。頭の中が熱く沸騰しているのだろう。彼の口から、一声、細く高く、罵声が飛んだ。

「君を信じていたのに、息子を黙って連れ出すなんて！　質《たち》の悪い、裏切り行為そのものだ！」

米子は言った。

「わたしは、あなたに許しを求めにきたわけではありません。健一君を連れ出したことには罪悪感を感じましたが、それが、わたしには口惜しくて、口惜しくてなりません！　罪悪感にさいなまれていることが、口惜しくて仕方がないのです。あなたには、きちんと謝罪してほしい。健一君がいなくなったときの心情を知った今のあなたに、謝罪してほしいのです」

横井は怪訝な顔で問い返した。

「あんたは、自分が何を言っているのか、わかっているのか？　謝罪してほしいのはこの俺の方だ。何を開き直っているのだ」

洋子が、割って入った。

「この人を、救ってやってください」

「救う？　あんたは誰だ？　何を言っているんだ、一体。この俺にどうしろというのだ。俺には何が何だか、わからないよ」

「突然、息子さんがいなくなったとき、あなたの感情は普通ではいられなかったはずです」

「人間だったらあたりまえだ。第一、人さまの息子を黙って連れ出せば、これは立派な犯罪だよ。それを犯したこの人を、俺に救えというのもおかしな話だよ、まったく。それに……」

まだ、何か言いたげな横井を無視し、洋子は続けた。

「あなたは、立花正樹さんを覚えていらっしゃいますか」

立花正樹という言葉に、横井の脳裏にあの日の出来事が鮮明に甦った。横井は青ざめた。

「どうやら、忘れてはいなかったようですね」

「ま、ま、正樹と、今度のことと、どんな関係があるというのだ」

横井は、思わず口ごもった。

「この人、小林米子さんは、正樹さんの妹ですよ」

「正樹の妹？　そんな馬鹿な……」

横井は、驚愕に耐え切れないかのように、その場に座り込み、膝頭を抱えた。

「あの事件が引き金となり、立花家は崩壊してしまいました。幼かったこの人の心に、どんな傷をつけたか、一度でも考えたことがありますか？　あなたがあの時、一言、謝罪してくれていたら、この人の両親も、あのような死をとげることもなかったかもしれないし、彼女も罪を犯したりはしなかったでしょう。

あなたを、兄さんの墓の前で謝罪させることが、彼女の人生の目標だった。いかに愚かしく、虚しいものだったにせよ、彼女はそこから逃げようとしなかった。あなたに対する憎悪に支えられて、今日まで生きてきたからです。でも、その思いも果たせずに終わったとき、彼女は、自ら死を選ぼうとしたのです」

洋子の言葉に聞き入る横井は、いつまでも深く頭を垂れ、動かすことがなかった。やがて、摺り足で米子の前に向かい、米子に土下座した。

「許してください。俺は、本当はあのとき、正樹に謝りたかった。正樹の墓で謝ろうとしたが、おやじが絶対に許さなかった。あの頃、俺はおやじが恐くて、そむいてまでも行く勇気がなかった。いつも、正樹の助けを求める声に苦しめられた。自業自得かもしれない。

俺は、正樹の声からもおやじからも逃げるように、誰も知らないこの街にきた。どこへ逃げようと、消えることなんかないのに……。おやじはあの事件の後、事業が行き詰まったりして、今ではすっかり財産もなくしている。おまけに半身不随の生活で、世話をしてくれる者もいない。哀れな生活を送っている。天に向かって唾を吐けば、必ず自分に降りかかるって言うけど、本当だと思ったよ」

横井は、米子を覗き見るように上体をあげて言った。それから、正樹の墓の前で謝罪すると言った。

「ありがとう、横井さん。気持ちが楽になりました。もう何も思い残すことはありません。今度はわたしが、あなたに償います。この足で、警察に……」

「いや、その必要はないよ。息子が、あんたに連れ出されたことは、すぐにわかった。なんで連れ出したのか、理由はわからなかったがね。でも、息子は元気で帰ってくると信じていたし、ひとりで戻ってきた息子の楽しそうな顔を見てたら思ったよ。俺は、息子にさみしい思いはさせても、楽しい思いは一度もさせていなかったって……。あんたが息子にしてくれたこと、感謝こそすれ、恨みになんか思っていなかった。ただ、急に俺の前から姿を消してしまったから……。あんたを慕う感情と、もう逢えないのかという感情が混ざり、あんな態度に出てしまった。悪かった。許してください。米子さんが、俺をそう簡単に許してくれるとは思っていないが、許してくれる時がくることを信じます。これからは、俺が米子さんを守っていきますから……」

「そう。その言葉を聞いて安心したわ」

洋子は、米子の方に振り向き、手を差し伸べた。

「米ちゃん、ここでお別れ。今度こそ、幸せになれるよ。じゃあ、元気でね」

米子の手をギュッと握ると、細い指の感触が幼い頃の米子と繋がった。

「よっこ姉ちゃん、電話番号……」

「米ちゃん。せっかく会えたけど、日本のどこかで元気に幸せに暮らしているんだ、そう思うことにしよ、ね」

「でも……」

今までやさしかった洋子の突き放すような態度に、米子は当惑し、後の言葉が続かなかった。

洋子は早晩死ぬ運命にあるのだ。再び悲しみの淵をさ迷う米子の姿は、見たくない。それだけは、どうしても避けたかった。もう充分すぎるくらいの悲しみを、彼女は背負ってきたのだから……。

それが洋子からの配慮だと、米子にわかるはずはなかった。

第八章　陽炎

洋子は、自分の場所へ、還っていった――。

人間の気力とはすごいものであると、洋子はつくづく感じた。

死を宣告された日から、思えばずいぶん長く生きてきた。自分が持つ経験や知識、能力などでは、解決、実行することが不可能な、さまざまな事件と遭遇した。

現実は、映画や、ドラマのように、《悪》を一刀両断に、バッサリ切り倒すようなわけにはいかない。人間の性が持つ柵のようなものが事件を起こし、またその柵に縛られる。

洋子が遭遇した数々の事件もそうだった。終わったあとに、空虚が心を支配する。ただ、不思議なパワーに助けられたのを強く感じた。

洋子は生命の残り火のなかで正和のために時間を費やした。

下着類、靴下を買い足し、衣服も季節別にケースに納めた。家ではなにもしない正和が困らないようにと、茶筒などの生活用品にはすべてネームを貼り、目の付く場所に置き換えた。

背広に丁寧にブラシをかけ、ズボンにアイロンをかける。

洋子の心は自然と正和への思いに膨らんでいった。

「ママ、少しやせたのでは……。顔色も悪いよ」

正和の言葉を聞いてから、洋子は顎を引き締め精一杯背筋を伸ばし、いつもより少し濃い目の化粧をしたが、やっと保っていた身体があちこちから崩れゆくのを強く感じた。

洋子の人生は、幸せだった。

激しい波に揉まれることなく、正和の、家族の愛に支えられてきた人生――。

そしてある日、忽然と、覚醒することなく、洋子は、静かに永い眠りについた。

ベッドの周りから心電図や酸素マスクなどの医療器具が取り除かれ、医師や看護師が病室を出ていくと、静寂さだけが残っていた。

正和も子どもたちも無言のまま深くうなだれていた。

〈――横たわっているわたしが見える。わたしはベッドの上部に立っていた。

パパや子どもたちが見える。

でも向こうからは、わたしは見えないでしょうね。

わたし、やったわ。パパと子どもたちを上手く騙しとおした。

パパにはわかるでしょう。ああするしかなかったの。他の道はなかったわ。

がん告知を受けたときは、死ぬ方法ばかり考えていた。あの夢が始まるまでは。

生きているのが楽しくなる夢。

自分ではなく、だれかに操られているみたい。まるで魔法みたいにがんへの恐怖は取り消されたの。

いま、苦しみは終わったわ。わたしは救われたのよ〉

「父さん。母さんは、死ぬとわかったときから、満足するような日々を送ることができたのだろうか？」

真哉が言った。

「安らかな顔が答えだよ。僕たちの悲しむ顔を見るのが、母さんはつらかったんだ。そうだよね、父さん！」

柾もそれに続いた。

「ああ、わたしもそう思いたい……。ありがとうで、別れよう」

正和は、愛する洋子のために、涙では送らないと誓った。

（完）

著者プロフィール

中山 幸子（なかやま ゆきこ）

1945年（昭和20）　神奈川県横浜市生まれ
1971年（昭和46）　文化服装学院師範科卒業
服飾関係に進む予定だったが、2度も交通事故に遭ってしまい、永らくリハビリ・湯治療養生活を送る
結婚後、通院のかたわら調理師の免許を取得
現在、食を通じ気楽で楽しい時間を持てる場所作りを目標に修業中

陽炎を見た日

2003年5月15日　初版第1刷発行

著　者　中山 幸子
発行者　瓜谷 綱延
発行所　株式会社文芸社
〒160-0022　東京都新宿区新宿1－10－1
電話　03-5369-3060（編集）
03-5369-2299（販売）
振替　00190-8-728265

印刷所　株式会社フクイン

ISBN4-8355-5586-4 C0093